rotfuchs Klassiker

Edgar Allan Poe

DER GOLDKÄFER

und andere Erzählungen

Mit Bildern von Klaus Ensikat
und einem Nachwort von Dieter E. Zimmer
Deutsch von Hedda Eulenberg

Rowohlt

rororo rotfuchs
Herausgegeben von Ute Blaich und Renate Boldt

Veröffentlicht im Rowohlt Taschenbuch Verlag GmbH,
Reinbek bei Hamburg, September 1994
Copyright © 1994 by Rowohlt Taschenbuch Verlag GmbH,
Reinbek bei Hamburg
Veröffentlichung der Übersetzung mit freundlicher
Genehmigung von Marga Eulenberg, Düsseldorf
Redaktion Ute Blaich
Umschlaggestaltung Nina Rothfos
Umschlagillustration Klaus Ensikat
Alle Rechte an dieser Ausgabe vorbehalten
Satz Baskerville (Linotronic 500)
Gesamtherstellung Clausen & Bosse, Leck
Printed in Germany
990-ISBN 3 499 20746 x

INHALT

DER GOLDKÄFER

Schau her! Schau her! Der Kerl dort tanzt wie toll!
Von der Tarantel gift'gem Biß getrieben.

All in the Wrong.

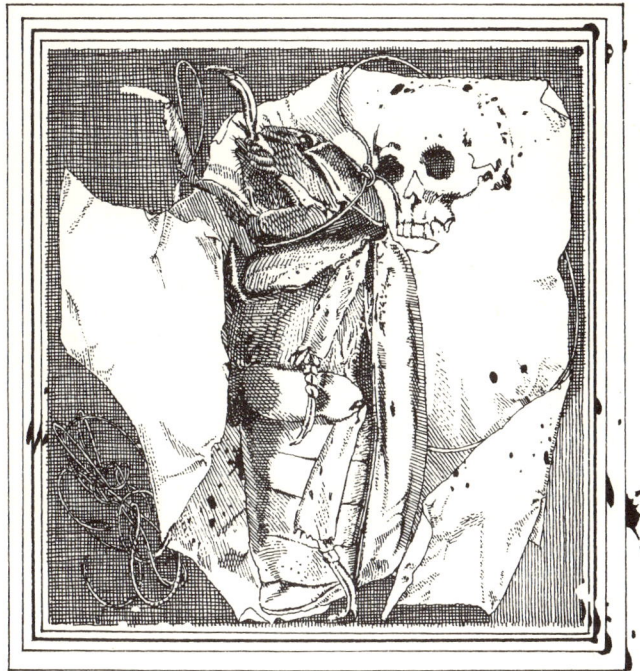

Vor vielen Jahren unterhielt ich mit einem gewissen Herrn William Legrand engere Beziehungen. Er stammte aus einer alten Hugenottenfamilie und war früher sehr vermögend gewesen, doch hatte eine Reihe von Unglücksfällen ihn zum bedürftigen Manne gemacht. Um all den Unannehmlichkeiten, die ein solch plötzliches Verarmen nach sich zieht, zu entgehen, verließ er New Orleans, die Stadt seiner Vorfahren, und schlug seinen Wohnsitz auf der Sullivans-Insel bei Charleston in Süd-Carolina auf.

Diese Insel ist ein sehr merkwürdiges Stück Land. Sie besteht fast nur aus Seesand und ist ungefähr drei Meilen lang und an keiner Stelle über eine Viertelmeile breit. Vom Festland ist sie durch eine kaum wahrnehmbare Bucht getrennt, die sich durch eine Wildnis von Ried und Sumpfboden hindurchwindet und zahllosen Marschhühnern ausgezeichnete Schlupfwinkel gewährt. Die Vegetation ist, wie aus dem Vorhergesagten leicht verständlich, höchst dürftig und verkrüppelt. Größere Bäume sieht man nirgendwo. Zwar gedeiht hin und wieder am Westende der Insel, in der Nähe der wenigen elenden Holzhäuser, die sich ein paar Leute erbaut haben, um im Sommer den Fiebern und dem Staub der Stadt zu entfliehen, der stachlige Palmetto. Der Boden der ganzen Insel mit Ausnahme jenes westlichen Teiles und des weißen harten Streifens um die Küste ist mit der wuchernden, süßduftenden Myrte bedeckt, die von den englischen Gärtnern so sehr geschätzt wird. Das Myrtengestrüpp erreicht oft eine Höhe von fünf-

zehn bis zwanzig Fuß und bildet ein fast undurchdring-
liches Dickicht, das die Luft mit schwerem Wohlgeruch
belädt.

In dem innersten Schlupfwinkel eines solchen Dickichts
am östlichen Ende des Eilandes hatte sich Legrand eine
kleine Hütte erbaut, die er, als ich durch Zufall mit
ihm bekannt wurde, im Sommer und Winter bewohnte.
Unsere Beziehungen vertieften sich bald zu einer
Freundschaft, denn viele Züge im Wesen des Einsiedlers
erweckten mein Interesse und erfüllten mich mit Hoch-
achtung für ihn. Ich fand in ihm einen gebildeten Mann
von ganz ungewöhnlichen Geistesgaben; doch litt er an
Misanthropie und war abwechselnd krankhaften Aus-
brüchen von Begeisterung und Trübsinn ausgesetzt. Er
besaß eine große Menge Bücher, las jedoch nur sehr selten in ihnen. Sein Hauptvergnügen bestand im Jagen
und Fischen oder in ziellosem Umherstreifen durch das
Myrtengestrüpp und am Ufer entlang, wo er Muscheln
und Insekten für seine höchst reichhaltige Sammlung
suchte. Bei diesen Ausflügen begleitete ihn gewöhnlich
ein alter Neger namens Jupiter, der, bevor die Familie
verarmte, seine Freiheit erhalten hatte, jedoch weder
durch Drohungen noch durch Versprechen zu bewegen
gewesen war, sein Recht, über jeden Schritt seines jungen ‹Massa Will› zu wachen, aufzugeben. Es ist nicht
unwahrscheinlich, daß die Verwandten Legrands die
Hartnäckigkeit Jupiters noch bestärkten, damit sein
Herr, den sie für nicht ganz zurechnungsfähig hielten,
keinen Augenblick ohne Aufsicht und Schutz sei.

Der Winter ist auf der Sullivans-Insel gewöhnlich sehr milde, und selbst im tiefen Herbst kommt es nur sehr selten vor, daß man heizen muß. Mitte Oktober 18.. jedoch hatte man auf der Insel einen ungewöhnlich kalten Tag. Kurz vor Sonnenuntergang bahnte ich mir mühsam meinen Weg durch das Immergrün zu der Hütte meines Freundes, den ich seit mehreren Wochen nicht besucht hatte. – Ich wohnte zu jener Zeit in Charleston, also etwa neun Meilen von der Insel entfernt, und die Gelegenheiten, vom Festland auf die Insel und wieder zurückzukommen, waren weit weniger häufig als heutzutage. Als ich an der Hütte angelangt war, klopfte ich wie gewöhnlich an, und als ich keine Antwort bekam, holte ich den Schlüssel aus seinem mir bekannten Versteck und schloß auf. Im Kamin brannte ein lustiges Feuer. Das war etwas Neues, aber durchaus nichts Unangenehmes. Ich legte meinen Überrock ab, warf mich recht nahe bei den knisternden Holzblöcken in einen Armstuhl und erwartete die Ankunft meines Wirtes.

Es war eben dunkel geworden, als er mit seinem Diener zurückkam und mich herzlichst bewillkommnete. Jupiter grinste von einem Ohr zum anderen und beeilte sich, ein paar Marschhühner zum Abendessen zurechtzumachen. Legrand litt wieder unter einem Anfall – anders kann man die Sache wohl kaum benennen – von Begeisterung. Er hatte ein ihm bisher unbekanntes zweischaliges Tier gefunden und außerdem mit Jupiters Hilfe einen Käfer gefangen, den er für noch absolut unentdeckt hielt und über den ich ihm am nächsten Morgen meine Meinung sagen sollte.

«Weshalb nicht schon heute abend?» fragte ich, während ich meine Hände über dem hellbrennenden Feuer rieb und das ganze Geschlecht der Käfer zum Teufel wünschte.

«Ach, wenn ich nur gewußt hätte, daß Sie hier sind!» sagte Legrand. «Aber es ist so lange her, daß ich Sie zum letzten Male gesehen habe, und wie konnte ich denn ahnen, daß Sie mich gerade heute abend besuchen würden? Auf dem Heimweg begegnete mir Leutnant G. – und ich habe ihm, Tor, der ich bin, den Käfer geliehen.

Ich kann Ihnen meinen Fund also unmöglich vor morgen früh zeigen. Bleiben Sie die Nacht über hier, ich werde ihn durch Jupiter sofort nach Sonnenaufgang holen lassen. Er ist das reizendste Ding auf der Erde.»

«Was? – Der Sonnenaufgang?»

«Unsinn! Der Käfer. Er ist von glänzend goldener Farbe – etwa so groß wie eine Walnuß – und hat an dem einen Ende des Rückens zwei gagatschwarze Flecken und an dem anderen einen einzelnen, etwas längeren. Die Fühlhörner sind –»

«Hat kein Horn, Massa Will, hab es schon oft gesagt», fiel ihm hier Jupiter in das Wort, «der Käfer ist Goldkäfer, alles, alles Gold, inwendig und alles, Flügel auch Gold, hab noch nie so schweren Käfer getragen in mein Leben.»

«Nun, wie du willst, Jupiter», erwiderte Legrand, wie

12

mir schien in ernsterem Tone, als die Sache erforderte, «aber das ist doch kein Grund, um die Hühner anbrennen zu lassen? Die Farbe» – hier wandte er sich wieder an mich – «ist allerdings dazu angetan, um Jupiter auf solche Gedanken zu bringen. Man hat gewiß nie einen prächtigeren Metallglanz als den seiner Flügel gesehen; doch ich vergesse, daß Sie darüber erst morgen zu urteilen vermögen. Einstweilen kann ich Ihnen nur eine Vorstellung von seiner Gestalt geben.» Mit diesen Worten setzte er sich an einen kleinen Tisch, auf dem ich Tinte und Feder, jedoch kein Papier erblickte. Er suchte in einer Schublade herum, fand jedoch auch dort keins.

«Das schadet nichts!» meinte er endlich. «Dies genügt auch.» Dabei zog er einen Fetzen aus seiner Westentasche, den ich für schmutziges Pro-Patria-Papier hielt, und zeichnete mit der Feder flüchtig etwas darauf hin. Während er dies tat, blieb ich noch immer in meinem Armstuhl beim Feuer sitzen, denn mich fröstelte noch. Als die Zeichnung fertig war, reichte er sie mir, ohne von seinem Stuhl aufzustehen, herüber. Ich nahm sie entgegen und hörte zu gleicher Zeit ein Knurren an der Tür, dem bald ein heftiges Kratzen folgte. Jupiter öffnete, und ein großer Neufundländer, Legrands Eigentum, stürzte herein, sprang an mir empor und überhäufte mich mit Liebkosungen. Ich hatte mich bei meinen früheren Besuchen sehr viel mit dem Tier beschäftigt, und es schien mich nun voller Freuden wiederzuerkennen. Als sich seine frohen Sprünge etwas mäßigten, betrachtete ich das Papier und muß gestehen, daß ich aus dem, was mein Freund da gezeichnet hatte, nicht recht klug zu werden vermochte.

«Allerdings», sagte ich nach ein paar Minuten, «das muß ein sonderbarer Käfer sein. Ich habe wahrhaftig nie etwas Ähnliches gesehen – vielleicht Schädel oder Totenköpfe ausgenommen, denn denen sieht meiner Ansicht nach Ihr Käfer ähnlicher als sonst einem Ding auf Gottes Welt.»

«Ein Totenkopf», wiederholte Legrand. «O ja – allerdings – auf dem Papier gleicht er einem solchen ein klein wenig. Die zwei oberen schwarzen Punkte könnten wohl die Augen sein und der längere unten der Mund – das Ganze ist ja auch oval.»

«Vielleicht ja», sagte ich, «doch ich fürchte, Legrand, Sie sind kein großer Künstler. Wenn ich mir eine Vorstellung von dem Aussehen des Käfers machen soll, muß ich wohl warten, bis ich ihn selbst sehe.»

«Das weiß ich nicht!» entgegnete er ein wenig pikiert. «Ich zeichne doch eigentlich erträglich, wenigstens *sollte* ich es tun, denn ich habe gute Lehrer gehabt und schmeichle mir, kein direkter Dummkopf zu sein.»

«Aber lieber Kerl, dann wollen Sie wohl scherzen», antwortete ich ihm. «Das ist ein recht passabler, ja sogar ein ausgezeichneter Schädel, wenigstens nach den Anforderungen, die das große Publikum an dergleichen anatomische Abbildungen stellt – und Ihr Käfer muß der sonderbarste Käfer von der Welt sein, wenn er ihm ähnlich sieht. Wir können ja ein recht schönes, aufregendes Stück Aberglauben auf ihm aufbauen. Nennen

Sie den Käfer doch Scarabaeus caput hominis oder so ähnlich – die Naturgeschichte ist ja reich an solchen Titeln. Doch wo sind die Fühlhörner, von denen Sie eben sprachen?»

«Die Fühlhörner», rief Legrand mit einer Wärme, die ich mir nicht zu erklären wußte, «die Fühlhörner müssen Sie doch gesehen haben. Ich habe sie so deutlich hingezeichnet, wie sie an dem Tier selbst zu sehen sind, und ich glaube, das genügt.»

«Nun», sagte ich, «vielleicht haben Sie diese hingezeichnet, doch sehe ich sie nicht» und reichte ihm das Papier ohne weitere Bemerkung zurück, da ich ihn nicht in üble Laune bringen wollte. Doch war ich über die Wendung der Sache sehr verwundert; die Aufregung meines Freundes war mir absolut unerklärlich, und was die Zeichnung anbetraf, so waren *keine* Fühlhörner auf ihr zu sehen, doch glich sie bis ins kleinste der bekannten Abbildung eines Totenkopfes.

Mürrisch nahm Legrand das Papier entgegen, wollte es schon zerknittern und wahrscheinlich ins Feuer werfen, als ein zufälliger Blick auf die Zeichnung seine Aufmerksamkeit zu fesseln schien. Im selben Augenblick wurde sein Gesicht von glühendem Rot übergossen, gleich darauf wurde er totenbleich. Während einiger Augenblicke betrachtete er die Zeichnung auf das genaueste, dann nahm er eine Kerze vom Tisch und ließ sich auf einer Kiste nieder, die in der entferntesten Ecke des Zimmers stand. Hier betrachtete er das Papier noch einmal mit angstvoller Aufmerksamkeit von allen Seiten. Dabei sprach er kein Wort, und obwohl mich sein Betragen aufs höchste überraschte, hielt ich es doch nicht für ratsam, seine wachsende Verstimmung durch irgendeine Bemerkung zu erhöhen. Endlich zog er ein kleines Schreibheft aus seiner Rocktasche, legte das Papier sorgfältig hinein und verschloß beides in seinem Schreibpult. Nun wurde er allmählich ruhiger, doch war seine anfängliche Begeisterung ganz geschwunden. Er schien weniger verdrießlich, als vollständig in Gedanken versunken zu sein. Je mehr der Abend vorschritt, desto tiefer vergrub er sich in seine Träumereien, aus denen ihn auch scherzhafte Bemerkungen nicht aufzurütteln vermochten. Ich hatte die Absicht gehabt, wie schon oft vorher die Nacht in der Hütte zuzubringen, doch da ich meinen Wirt in dieser Stimmung fand, hielt ich es für angebracht, mich zu verabschieden. Er drängte mich auch nicht zum Bleiben, doch schüttelte er mir beim Abschied die Hand mit ungewöhnlicher Herzlichkeit. –

Einen Monat später – ich hatte Legrand während der ganzen Zeit nicht mehr besucht – suchte mich sein Diener Jupiter in Charleston auf. Ich hatte den guten alten Neger noch nie so niedergeschlagen gesehen und fürchtete, daß seinem Herrn ein ernstliches Unglück zugestoßen sei.

«Nun, Jup», fragte ich, «was gibt's? Was macht dein Herr?»

«Soll ich sagen die Wahrheit, Massa, er nicht so wohl, als er sollte.»

«Dein Herr befindet sich nicht wohl? Das tut mir wahr-haftig leid; worüber klagt er denn?»

«Ja, das ist es – er klagen nie – aber sein doch *sehr* krank!»

«Sehr krank, Jupiter? Warum hast du das nicht gleich gesagt? Liegt er zu Bett?»

«Nein, er nicht liegen – er nicht wissen, wo der Schuh drückt; mein Herz schwer sein, für arme Massa Will.»

«Ich bitte dich, Jupiter, drücke dich deutlicher aus. Du sagst, dein Herr sei krank; hat er dir denn nie gesagt, was ihm fehlt?»

«Nun, Massa nicht brauchen sich aufregen darüber. Massa Will sagen, daß ihm gar nichts fehlen; aber was denn machen ihn so den Kopf hängen lassen und dann wieder dastehen steif wie ein Soldat und weiß im Ge-sicht wie eine Gans? Und was machen ihn immer die Figuren ansehen auf die Tafel – die tollsten Figuren, die ich gesehen in mein Leben? Muß jetzt immer ein scharfes Auge haben auf ihn. Vor ein paar Tagen er fort-gelaufen, ehe die Sonne aufgegangen, und nicht zurück-gekehren den ganzen lieben Tag. Ich einen dicken Stock geschnitten, um ihm verdammte Schläge zu geben, wenn er kommen zurück; ich doch nicht getan haben, weil er aussehen so elend und krank.»

«Wie? – Was? Aber ja, du hast recht, sei nur nicht streng mit dem armen Mann; schlag ihn ja nicht; er kann Schläge nicht ertragen. Aber kannst du dir denn gar nicht denken, was diese Krankheit oder vielmehr diese

Veränderung in seinem Benehmen verursacht hat? Ist ihm denn, seit ich ihn zuletzt gesehen habe, irgend etwas Mißliches zugestoßen?»

«Nein, Massa, nichts Schlimmes *seit* damals – ich fürchten, es *vor* damals – es war am selben Abend, an dem Sie bei uns gewesen sein.»

«Wie? Was meinst du?»

«Nun, Massa, ich meinen den Käfer – das ist's.»

«Wen?»

«Den Käfer! Ich sicher wissen, daß Massa Will gebissen worden an Kopf von dem Goldkäfer.»

«Und woher willst du das wissen?»

«Krallen genug, Massa, und Maul auch. Ich nie gesehen solch verdammten Käfer; er kratzen und beißen alles, was zu ihm hinkommen. Massa Will ihn rasch gefangen und mächtig rasch ihn wieder laufenlassen; da muß Massa Will Biß bekommen haben. Ich nicht mochte Käfer anfassen mit mein Finger, hab ihn gefangen mit ein Stück Papier, das ich hab gefunden. Ich ihn hab gewickelt in das Papier und ihm davon gesteckt ein Stück in das Maul – das war recht.»

«Und du glaubst also, dein Herr sei wirklich von dem Käfer gebissen und darum krank geworden?»

«Ich gar nix glauben – ich es wissen. Warum träumen er soviel von Gold, wenn ihn nicht gebissen der Goldkäfer? Ich schon oft gehört von Goldkäfer!»

«Wie weißt du denn, daß er von Gold träumt?»

«Wie ich es wissen? Er immer sprechen davon in sein Schlaf. So ich es wissen.»

«Nun, Jup, vielleicht hast du recht, aber welch glücklichem Umstand verdanke ich die Ehre deines Besuches?»

«Was Massa meinen?»

«Hast du mir von Herrn Legrand irgend etwas auszurichten?»

«Nein, Massa, ich bringen bloß diesen Brief.»

Hier überreichte mir Jupiter ein Billett folgenden Inhaltes:

‹Mein Lieber!

Wie kommt es, daß wir uns so lange nicht mehr gesehen haben? Hoffentlich haben Sie mir mein zerstreutes Wesen bei unserem letzten Zusammensein nicht übelgenommen. Ich glaube es wenigstens nicht. Seit Ihrem letzten Hiersein hatte ich oftmals Grund, unruhig zu sein. Ich habe Ihnen etwas zu sagen und weiß doch kaum wie, ja, ob ich es überhaupt sagen soll.

Ich befinde mich schon seit ein paar Tagen nicht ganz wohl, und der arme alte Jupiter plagt mich ganz unerträglich mit seiner wohlgemeinten Beaufsichtigung. Würden Sie es für möglich halten – er hatte sich neulich einen dicken Stock geschnitten, mit dem er mich züchtigen wollte, weil ich ohne ihn den ganzen Tag allein auf dem Festland in den Bergen umhergestreift war. Ich glaube, nur meinem jämmerlichen Aussehen habe ich es zu verdanken, daß ich ohne Prügel davonkam.

Meine Sammlung hat sich seit unserem letzten Beisammensein nicht vergrößert.

Wenn es Ihnen irgendwie möglich ist, so kommen Sie mit Jupiter herüber. Bitte, kommen Sie doch! Ich möchte Sie noch heute abend in einer wichtigen Angelegenheit sprechen. Ich versichere Ihnen, daß das, was ich Ihnen mitteilen will, von *außerordentlicher* Wichtigkeit ist.

Ganz der Ihrige

William Legrand›

In dem Ton dieses Briefes lag etwas, das mich unruhig machte. Ich erkannte Legrands gewohnten Stil absolut nicht wieder. Worüber mochte er nur wieder nachgrübeln? Welche neue Grille spukte in seinem leicht erregbaren Hirn? Was konnte das für eine ‹außerordentlich wichtige› Angelegenheit sein, die *er* mit *mir* besprechen wollte? Jupiters Bericht ließ auf nichts Gutes schließen. Ich fürchtete schon, das andauernde Mißgeschick hätte meinen Freund um den letzten Rest seines Verstandes gebracht. Ohne einen Augenblick zu zögern, machte ich mich bereit, dem Neger zu folgen.

Als wir das Ufer erreichten, bemerkte ich auf dem Boden des Kahnes, den wir besteigen mußten, eine Sense und drei Spaten, alles dem Anschein nach ganz neu.

«Was soll das, Jup?» fragte ich.

«Die Sense, Massa, und die Spaten?»

«Ja, was tun die hier?»

«Die Sense und die Spaten ich haben gekauft in der Stadt für Massa Will und haben geben müssen dafür verteufelt viel Geld.»

«Aber so sag mir doch im Namen alles Geheimnisvollen, was denn dein Massa Will mit den Spaten und der Sense vorhat?»

«Das sein mehr, als ich weiß, und der Teufel soll mich holen, wenn Massa Will es selbst wissen. Aber alles gekommen von dem Käfer.»

Da ich sah, daß aus dem Alten nichts herauszubringen war, weil all seine Gedanken um den Käfer zu kreisen schienen, stieg ich ins Boot und zog das Segel auf. Mit günstigem starkem Wind liefen wir bald in die kleine Bucht nördlich vom Fort Moultrie ein und erreichten von dort zu Fuß nach zwei Meilen die Hütte. Es war ungefähr drei Uhr nachmittags, als wir ankamen. Legrand hatte uns mit verzehrender Ungeduld erwartet. Er ergriff meine Hand mit einem nervösen Eifer, der mich beunruhigte und meine Meinung über seinen Gesundheitszustand nur bestärkte. Eine geisterhafte Blässe lag über seinen Zügen, und seine tiefliegenden Augen sprühten in unnatürlichem Glanz. Nachdem ich mich nach seinem Befinden erkundigt hatte, fragte ich, da mir nichts Besseres einfiel, ob er den Käfer schon von Leutnant G. zurückerhalten habe.

«O ja», antwortete er, und ein heftiges Rot stieg in sein Gesicht. «Ich bekam ihn am folgenden Morgen zurück. Von diesem Käfer würde ich mich niemals wieder trennen. Wissen Sie auch, daß Jupiter mit seiner Ansicht vollkommen recht hatte?»

«Mit welcher Ansicht?» fragte ich, von traurigen Ahnungen erfüllt.

«Daß der Käfer von wirklichem Gold sei», entgegnete er mir mit solch tiefem, ernstem Ton, daß mir unaussprechlich bange dabei wurde. «Dieser Käfer wird mich zum reichen Mann machen», fuhr er mit triumphierendem Lächeln fort, «er wird mir wieder zu den Besitzungen meiner Familie verhelfen. Ist es also zu verwundern, daß ich ihn so hochschätze? Ich brauche ihn bloß richtig anzuwenden, um all das Gold, das er andeutet, zu bekommen. Jupiter, geh und hole den Käfer.»

«Was? Den Käfer, Massa? Will nix haben zu tun mit dem Käfer, Massa müssen ihn holen selbst.»

Darauf stand Legrand ernst und würdevoll auf und brachte den Käfer, den er in einem Glasbehälter eingeschlossen gehalten hatte.

Es war ein wundervolles Insekt, zu jener Zeit in der Naturgeschichte noch unbekannt und deshalb vom wissenschaftlichen Standpunkt aus von hohem Wert. An dem einen Ende des Rückens befanden sich zwei runde Flekken, am entgegengesetzten ein länglicher. Die Flügeldecken waren ungemein hart und glänzend und glichen brüniertem Golde. Das Insekt hatte ein ganz beträchtliches Gewicht, und als ich alle diese Umstände erwog, mußte ich mir sagen, daß Jupiters Ansicht nur zu erklärlich sei; wie jedoch Legrand dazu kam, diese zu teilen, war mir absolut unverständlich.

«Ich habe zu Ihnen geschickt», fuhr er, als ich den Käfer genug betrachtet hatte, in stolzer Beredsamkeit fort, «um Sie um Ihren Rat und Beistand zu bitten, wenn ich dem Wink des Schicksals und des Käfers folge...»

«Mein lieber Legrand», unterbrach ich ihn rasch, «Sie fühlen sich gewiß unwohl und täten besser daran, sich ein wenig zu schonen. Legen Sie sich zu Bett; ich werde ein paar Tage bei Ihnen bleiben, bis Sie wieder hergestellt sind. Sie fiebern ja und...»

«Fühlen Sie mir doch nur einmal den Puls», sagte er.

Ich tat es und fand wirklich keine Spur von Fieber.

«Aber Sie können auch ohne Fieber krank sein. Erlauben Sie mir doch, Ihnen etwas zu verschreiben. Fürs erste legen Sie sich zu Bett. Dann wollen wir...»

«Sie irren sich», fiel er mir ins Wort. «Ich befinde mich so wohl, wie es bei der Aufregung, unter der ich leide, nur möglich ist. Wenn Sie mir wirklich wohlwollen, so befreien Sie mich von der Aufregung.»

«Und wodurch könnte ich es?»

«Durch eine Kleinigkeit. Jupiter und ich wollen einen Ausflug in die Berge auf dem Festland unternehmen und bedürfen dabei der Hilfe einer Person, der wir vertrauen können. Sie sind der einzige, zu dem ich Zutrauen habe. Und ob unsere Bemühungen erfolgreich sein werden oder nicht, jedenfalls würde sich die Aufregung, die Sie jetzt an mir bemerken, legen.»

«Es soll mir eine Freude sein, Ihnen jeden Gefallen zu erweisen», erwiderte ich, «aber wollten Sie vielleicht sagen, daß jener unglückselige Käfer mit dem Ausflug in die Berge in irgendeiner Verbindung steht?»

«Allerdings!»

«Dann muß ich Ihnen leider erklären, Legrand, daß

ich mit einer solch absurden Geschichte nichts zu tun haben will!»

«Das tut mir leid – sehr leid, denn so müssen wir die Sache allein ausführen.»

‹Allein ausführen!› dachte ich. ‹Der Mann ist ganz von Sinnen.› «Wie lange wird wohl Ihre Abwesenheit dauern?» fragte ich dann.

«Wahrscheinlich die ganze Nacht. Wir werden sogleich aufbrechen und unter allen Umständen bei Sonnenaufgang wieder zurück sein.»

«Und wollen Sie mir auf Ihr Ehrenwort versprechen, daß Sie, wenn Sie diese Grille befriedigt und die ganze Käferaffäre erledigt haben, nach Hause zurückkehren und meinem Rat als dem eines Arztes unbedingt Folge leisten werden?»

«Ja, ich verspreche es; aber nun wollen wir aufbrechen und keine Minute Zeit verlieren.»

Mit schwerem Herzen entschloß ich mich, meinen Freund zu begleiten. Es mochte gegen vier Uhr sein, als wir uns auf den Weg machten, Legrand, Jupiter, der Hund und ich. Jupiter führte die Sense und die drei Spaten mit und bestand darauf, alles allein zu tragen, allerdings, wie mir schien, mehr aus Furcht, sein Herr könne mit den Werkzeugen irgendein Unheil anrichten, als aus einem Übermaß von Fleiß und Gefälligkeit. Er sah im höchsten Grade bissig aus, und auf dem ganzen Weg kam kein anderes Wort über seine Lippen als hin und wieder der Fluch· «Der verdammter Käfer!» Ich selbst trug ein paar Blendlaternen, während sich Legrand nur mit dem Käfer beschäftigte, den er an das Ende einer Peitschenschnur gebunden hatte und mit der Miene eines Beschwörers hin und her drehte. Als ich diesen letzten klaren Beweis von der Geistesverwirrung meines Freundes erhielt, konnte ich mich der Tränen fast nicht mehr erwehren. Ich hielt es jedoch für das beste, einstweilen auf seine Ideen einzugehen, bis sich mir Gelegenheit bot, energischere Maßregeln anzuwenden. Mittlerweile versuchte ich, jedoch vergebens, den Zweck dieses Ausfluges aus ihm herauszulocken. Nachdem es ihm einmal gelungen war, mich zum Mitgehen zu bewegen, schien er nicht geneigt, über irgendeinen unwichtigeren Gegenstand zu reden, und antwortete auf alle meine Fragen nur mit den Worten: «Werden schon sehen.»

Am oberen Ende der Insel setzten wir in einem Kahn über die Bucht, erkletterten das hohe Ufer des Festlandes und schritten in nordwestlicher Richtung durch eine ungemein wilde und öde Gegend weiter, in der auch nicht eine einzige menschliche Fußspur zu entdecken war. Legrand führte uns sicher und blieb nur dann und wann einen Augenblick stehen, um nach Wegzeichen zu spähen, die er offenbar selbst bei einem seiner früheren Ausflüge gemacht hatte.

Wir waren ungefähr zwei Stunden geschritten, und die Sonne neigte sich schon dem Untergang zu, als wir in eine Gegend gelangten, wie ich sie trauriger und trüber noch nie gesehen hatte. Es war eine Art Tafelland nahe dem Gipfel eines anscheinend unzugänglichen Berges, der vom Fuß bis zur Spitze bewaldet und mit riesigen Felsblöcken dicht besät war, die lose umherzuliegen schienen und manchmal nur deshalb nicht in die Tiefe hinabrollten, weil sie zufälligerweise gegen einen Baum lehnten. Wilde Schluchten, die den Berg nach allen Seiten hin durchfurchten, erhöhten noch die starre Feierlichkeit der Landschaft.

Die natürliche Plattform, die wir mit vieler Mühe erklommen, war so dicht mit Brombeergebüsch bewachsen, daß wir uns nur mit Hilfe der Sense einen Weg hindurchbahnen konnten. Jupiter ging voran und ebnete uns nach Anweisung seines Herrn den Pfad zu einem ungeheuer hohen Tulpenbaum, der mit acht oder zehn Eichen auf einer ebenen Fläche stand und sie alle sowie alle anderen Bäume, die ich je in meinem Leben gesehen, an Schönheit seines Laubwerks, Majestät der Form und Ausdehnung seiner Zweige bei weitem übertraf. Als wir zu diesem Baum gekommen waren, wandte sich Legrand an Jupiter und fragte, ob er sich hinaufzuklimmen getraue? Den alten Mann schien diese Frage etwas zu befremden, denn es verstrichen einige Augenblicke, ehe er antwortete. Endlich näherte er sich dem ungeheuren Stamm, ging langsam um ihn herum und prüfte ihn aufs eingehendste. Als er damit fertig war, sagte er bloß:

«Ja, Massa, Jup klettern auf jeden Baum, den er sehen in sein Leben.»

«Dann hinauf mit dir, so schnell wie möglich; es wird sowieso bald zu dunkel sein für unsere Angelegenheit.»

«Wie weit ich müssen hinauf?» fragte Jup.

«Klettere zuerst den Hauptstamm hinauf, dann sage ich dir, welche Richtung du einschlagen sollst, und hier – warte – nimm den Käfer mit!»

«Den Käfer, Massa Will? – Den Goldkäfer?» rief der Neger und wich entsetzt zurück. «Warum müssen der Käfer auf den Baum? Will sein verdammt, wenn ich das tun!»

«Wenn du zu bange bist, Jup, du großer, starker Neger, einen harmlosen, toten kleinen Käfer in die Hand zu nehmen, dann kannst du ihn ja an der Schnur halten. Wenn du ihn aber auch dann nicht mitnehmen willst, bleibt mir nichts anderes übrig, als dir mit dieser Schaufel den Schädel einzuschlagen.»

«Was denn zornig, Massa?» sagte nun Jupiter, offenbar beschämt und willens zu gehorchen. «Massa immer müssen zanken mit alten Neger. Jup haben gemacht Spaß. Jup nicht fürchten Käfer. Jup nicht scheren um Käfer.» Und vorsichtig nahm er das äußerste Ende der Schnur in die Hand, hielt das Insekt, soweit es nur die Umstände gestatteten, von seinem Körper entfernt und machte sich bereit, den Baum zu erklettern.

Der Tulpenbaum, Liriodendron tulipiferum, der schönste aller amerikanischen Bäume, hat, wenn er noch jung ist, einen eigentümlich glatten Stamm, von dem sich die Seitenäste erst in ziemlicher Höhe abzweigen. Wird er älter, so wird seine Rinde uneben und rauh, und viele kleine Ästchen schießen aus dem Stamm hervor. Seine Ersteigung bietet dann eigentlich eine mehr scheinbare als wirkliche Schwierigkeit. Jupiter klammerte sich mit seinen Armen und Knien möglichst fest an den ungeheuren Zylinder, ergriff mit den Händen die Vorsprünge, ließ dann und wann seine nackten Zehen auf einigen anderen ausruhen, zog sich so bis zur ersten Gabel hinauf und schien nun seine Aufgabe in der Hauptsache für vollendet zu halten. Das Gefährlichste hatte er in der Tat auch überstanden, obschon der Kletterer einige sechzig oder siebzig Fuß über dem Boden schwebte.

«Welchen Weg müssen ich gehen, Massa Will?» fragte er.

«Den größten Ast hinauf – an dieser Seite!» rief ihm Legrand zu. Der Neger vollführte den Befehl anscheinend ohne allzu große Anstrengung. Er stieg höher und höher, bis man keinen Zoll seiner zusammengekauerten Gestalt durch das dichte Laubwerk mehr erblicken konnte. Nach einer kurzen Zeit vernahmen wir ein kurzes «Hallo!» von ihm.

«Wie weit müssen ich noch gehen?»

«Wie hoch bist du?» fragte Legrand zurück.

«Ganz, ganz hoch!» rief der Neger herunter. «Kann sehen die Himmel von die Spitze von der Baum.»

«Laß den Himmel zufrieden und tu, was ich dir sage. Blick einmal den Baum entlang nach unten und zähl die Äste, die du unter dir hast. Über wie viele bist du geklettert?»

«Eins, zwei, drei, vier, fünf – ich geklettert über fünf große Äste an diese Seite.»

«So klettere noch einen Ast höher.»

Nach einigen Minuten hörten wir die Stimme abermals, die uns meldete, daß der siebente Ast erreicht sei.

«Und nun, Jup», schrie Legrand, offenbar in höchster Erregung, «mußt du auf diesen Ast hinausklettern, so weit du nur kannst, und sobald du etwas Seltsames siehst, laß es mich wissen.»

Hatte ich bis jetzt noch etwa gezweifelt, daß mein armer Freund wirklich wahnsinnig sei, so mußte mich sein Benehmen in diesen letzten Augenblicken vollständig davon überzeugen. Ich dachte mit Schrecken daran, was ich beginnen sollte, um ihn in seine Hütte zurückzuführen, als ich Jupiters Stimme von neuem vernahm.

«Jup fürchten, weit herauszuklettern auf diesen Ast – ist tot, ganz tot.»

«Sagtest du, der *Ast* ist *tot*?» fragte Legrand mit zitternder Stimme.

«Ja, Massa, tot wie ein Türnagel, ganz tot, nie mehr wachsen in sein Leben!»

«Was um Himmels willen soll ich tun?» fragte Legrand, anscheinend in größter Verlegenheit.

«Was Sie tun sollen?» rief ich, froh darüber, endlich Gelegenheit zu haben, einen Rat anzubringen. «Lassen Sie uns nach Hause gehen, damit Sie sich zu Bett legen können. Kommen Sie, Sie sind doch ein vernünftiger Mensch! Es wird spät, und überdies erinnern Sie sich an Ihr Versprechen.»

«Jupiter», schrie er, ohne sich im geringsten um meine Worte zu kümmern, «verstehst du mich?»

«Ja, Massa, ich verstehen ganz deutlich.»

«So prüfe das Holz mit deinem Messer genau und sieh zu, ob es *sehr* verfault ist.»

«Holz verfault, Massa, gewiß verfault», erwiderte der Neger nach einigen Augenblicken, «aber doch nicht *ganz* verfault – will allein hinausklettern auf den Ast.»

«Allein? Was soll das heißen?»

«Nun, Jup meinen den Käfer, den schweren Käfer. Will ihn herunterfallen lassen, dann wird Ast nicht brechen mit alten Neger.»

«Du höllischer Schurke», schrie Legrand, augenscheinlich höchlichst erleichtert, «was soll dieser Unsinn bedeuten? Wenn du den Käfer fallen läßt, breche ich dir das Genick. Schau her, Jupiter, hörst du mich?»

«Ja, Massa brauchen nicht so zu schreien über armen Neger.»

«Also hör zu. Wenn du auf den Ast hinauskletterst, so weit du eben glaubst, daß er dich trägt, so schenke ich dir einen Silberdollar, sobald du wieder herunterkommst.»

«Ich tun es, Massa Will», antwortete der Neger prompt, «bin jetzt ganz am Ende.»

«Ganz am Ende?» schrie hier Legrand aus Leibeskräften. «Sagst du die Wahrheit? Bist du ganz am Ende?»

«Jetzt am Ende, Massa – oh, oh, oh: meine Güte, was ist das da auf dem Baum?»

«Nun», rief Legrand, wie freudig erschrocken, «was ist es?»

«Nix als ein Schädel, Massa – hat einer Kopf gelassen

auf dem Baum, haben Krähen alles Fleisch abgebissen von.»

«Ein Schädel, sagst du? Sehr gut, wie ist er an dem Zweig befestigt? Was hält ihn fest?»

«Jupiter müssen nachsehen – das sein aber kurios, sehr kurios, wahrhaftig! Großer Nagel sein in Schädel und halten es fest an die Ast.»

«Nun paß auf, Jupiter, und tue alles genau so, wie ich es dir sage. Hörst du?»

«Jawohl, Massa.»

«Also – such das linke Auge des Schädels.»

«Hu hu! Das sein gut! Aber da sein nicht mehr Auge.»

«Verfluchter Dummkopf, weißt du denn nicht, was rechts und links ist?»

«Ja, Jupiter das wissen – wissen das alles – Jupiter hauen Holz mit seine linke Hand.»

«Ganz recht, du arbeitest linkshändig; dein linkes Auge ist auf derselben Seite wie deine linke Hand. Nun wirst du auch das linke Auge des Schädels finden oder wenigstens die Stelle, wo es gewesen ist. Hast du es gefunden?»

Hier trat eine lange Pause ein. Endlich fragte der Neger:

«Ist linkes Auge auf die Seite wie linke Hand von Schädel? Jupiter fragen, weil Schädel hat kein Stück von einer Hand. Aber tut nix, hab jetzt gefunden linkes Auge; hier ist linkes Auge; was müssen Jupiter tun damit?»

«Laß den Käfer durch die Höhlung hinabfallen, so weit die Schnur reicht – aber gib Obacht und laß nicht etwa die Schnur selbst fallen.»

«Alles getan, Massa Will. Mächtig leichtes Ding, Käfer durch das Loch stecken. Sehen ihn schon unten!»

Während dieses Zwiegesprächs war von Jupiters Person nicht das geringste zu sehen gewesen; doch der Käfer, den er an der Schnur herabgelassen hatte, wurde nun sichtbar und schimmerte in den letzten Strahlen der untergehenden Sonne wie eine kleine Kugel brünierten Goldes. Er hing ganz frei und wäre, wenn man losgelassen hätte, dicht vor unseren Füßen niedergefallen.

Legrand ergriff nun unverzüglich die Sense und mähte einen Kreis von drei bis vier Ellen im Durchmesser, gerade unter dem Insekt, frei. Dann befahl er dem Neger, die Schnur fallen zu lassen und von dem Baum herabzukommen.

Mein Freund schlug nun mit vieler Sorgfalt, genau an der Stelle, auf welche der Käfer niedergefallen war, einen Pflock in den Boden und zog ein Maß aus Zwirnband aus seiner Tasche. Eines der Enden des Maßes befestigte er an dem Punkt des Stammes, der dem Pflock am nächsten war, und entfaltete es dann so lange, bis es an den Pflock reichte, und vom Pflock ab in der durch Baum und Pflock nun einmal angezeichneten Richtung noch etwa fünfzig Fuß weiter – Jupiter mußte das dabei im Wege stehende Brombeergebüsch abmähen. An dem so erreichten Ort wurde ein zweiter Pflock in die Erde geschlagen und um diesen als Mittelpunkt ein roher

Kreis von ungefähr vier Fuß Durchmesser gezogen. Legrand ergriff nun selbst einen Spaten, gab Jupiter und mir ebenfalls einen in die Hand und bat uns, so rasch wie nur möglich zu graben.

Ich habe nie in meinem Leben Vergnügen an dergleichen Arbeit gehabt und hätte in diesem Augenblick ganz besonders gern auf sie verzichtet, denn die Nacht kam heran, und ich war von den voraufgegangenen Anstrengungen ziemlich müde geworden. Doch fand ich keine Ausrede und fürchtete, meinen armen Freund durch eine einfache Weigerung in unnötige Aufregung zu versetzen. Hätte ich mich auf Jupiter verlassen können, so hätte ich keinen Augenblick gezögert, den Irrsinnigen mit Gewalt nach Hause zu bringen, doch kannte ich den alten Neger zu gut, um hoffen zu dürfen, daß er mir unter irgendwelchen Umständen *gegen* seinen Herrn beistehen werde. Ich zweifelte keinen Augenblick mehr, daß Legrand, wie so viele Südländer, dem Aberglauben an vergrabenes Gold zum Opfer gefallen und daß er durch den gefundenen unbekannten Käfer oder vielleicht durch Jupiters hartnäckige Behauptung, derselbe sei von wirklichem Golde, in seiner fixen Idee bestärkt worden war. Ein an sich schon zu Phantastereien neigender Mensch konnte durch solche Vorstellungen nur zu leicht noch mehr verwirrt werden, besonders wenn diese Vorstellungen mit seinen früheren Lieblingsideen in Einklang standen. Überdies erinnerte ich mich der Worte des armen Kerls, der Käfer bedeute großen Reichtum. Im großen und ganzen war ich sehr verstimmt und ärgerlich, doch beschloß ich zum Schluß, aus der Not eine Tugend zu machen und aus vollen Kräften zu graben, um dem Irren recht bald durch den Augenschein zu beweisen, wie töricht seine Hoffnungen gewesen waren.

Wir zündeten die Laternen an und begannen mit einem Eifer zu arbeiten, der einer vernünftigeren Sache wert gewesen wäre. Als der Schimmer der Laternen auf uns und unsere Werkzeuge fiel, drängte sich mir der Gedanke auf, welch malerische Gruppe wir bildeten und wie seltsam und verdächtig unsere Arbeit jedem Menschen erscheinen mußte, der uns vielleicht zufällig gewahrte.

Wir gruben ohne Unterbrechung zwei Stunden lang; gesprochen wurde wenig, denn wir hatten genug zu tun, um dem Gebell des Hundes, den unsere Arbeit außerordentlich zu interessieren schien, durch häufige Zurufe ein Ende zu machen. Zum Schluß bellte das aufgeregte Tier jedoch so ungestüm, daß wir fürchten mußten, die Aufmerksamkeit etwaiger später Wanderer zu erregen – oder vielmehr Legrand fürchtete es; *mir* wäre jede Störung nur angenehm gewesen. Endlich machte Jupiter dem Lärm ein Ende, indem er mit verbissener Entschlossenheit aus der Grube herausstieg, dem Tier mit einem seiner Hosenträger das Maul zuband und mit zufriedenem Grinsen wieder an seine Arbeit ging.

Nach Verlauf von zwei Stunden hatten wir eine Tiefe von fünf Fuß erreicht, ohne daß das geringste Anzeichen eines vergrabenen Schatzes zutage gekommen wäre.

Wir machten alle eine Pause, und schon gab ich der Hoffnung Raum, daß sich die Komödie ihrem Ende nähere. Legrand jedoch wischte sich, obgleich ein wenig irregemacht, die Stirn ab und begann von neuem zu graben. Wir hatten den ganzen, vier Fuß im Durchmesser großen Kreis ausgegraben und gruben nun ein wenig über die Grenze hinaus und noch zwei Fuß tiefer. Der Goldsucher, den ich eigentlich herzlich bemitleidete, kletterte endlich aus der Grube heraus. Bitterste Enttäuschung malte sich in all seinen Zügen, und zögernd und widerwillig zog er seinen Überrock, den er zur Arbeit ausgezogen hatte, wieder an. Ich enthielt mich aller Bemerkungen, Jupiter aber begann auf ein Zeichen seines Herrn die Gerätschaften zusammenzupacken. Als dies geschehen und der Hund seiner Fesseln entledigt worden war, machten wir uns in tiefer Stille auf, nach Hause zu gehen.

Wir hatten etwa zwölf Schritte gemacht, als Legrand mit einem lauten Fluch auf Jupiter zustürzte und ihn am Kragen packte. Der erstaunte Neger riß Augen und Mund auf, so weit er nur konnte, ließ die Spaten fallen und sank auf die Knie.

«Du Schuft», schrie Legrand und zischte die Silben zwischen den zusammengepreßten Zähnen hervor, «du infernalischer schwarzer Hund – sprich, sage ich dir! Antworte mir im Augenblick und ohne Umschweife: welches – welches ist dein linkes Auge?»

«O lieb gut Massa Will, sein nicht dies gewiß mein linkes Auge?» brüllte der erschrockene Neger, legte seine

Hand auf sein rechtes Sehorgan und ließ sie mit solch verzweifelter Hartnäckigkeit auf demselben liegen, als fürchte er, sein Herr werde es ihm im Augenblick ausreißen.

«Dacht ich's doch! – Wußt ich's doch – hurra!» schrie Legrand, ließ den Neger los und führte zum Erstaunen des Dieners eine Reihe von Courbetten und Pirouetten aus, während Jupiter sich von seinen Knien erhob und stumm von seinem Herrn auf mich und von mir auf seinen Herrn blickte.

«Kommen Sie, wir müssen zurückgehen», sagte dieser endlich, «das Spiel ist noch nicht aus» und schritt wieder auf den Tulpenbaum zu.

«Jupiter», rief er, als wir an seinem Fuß angekommen waren, «komm her. War der Schädel mit dem Gesicht nach außen oder in das Laubwerk hinein angenagelt?»

«Gesicht nach außen, Massa, daß Krähen konnten ohne Mühe an die Augen.»

«Gut! Hast du nun den Käfer durch dieses oder dieses Auge herabfallen lassen?»

Hier berührte Legrand jedes von Jupiters Augen.

«Durch dies Auge, das linke Auge, genau wie Massa haben gesagt», beeilte sich Jupiter zu antworten und legte die Hand auf sein rechtes Auge. Jetzt entfernte mein Freund, in dessen Irrsinn ich nun eine Methode zu entdecken glaubte, den Pflock, der die Stelle bezeichnete, an welcher der Käfer heruntergefallen war, und schlug ihn etwa drei Zoll weiter westlich wieder ein.

Dann führte er das Maßband vom nächsten Punkt des Stammes wieder an den Pflock und von dort in gerader Richtung fünfzig Fuß weiter bis an einen Punkt, der von dem ersten, an dem wir gegraben hatten, mehrere Ellen entfernt war.

Um diesen Punkt beschrieb er nun einen etwas größeren Kreis als den vorherigen und ermunterte uns, von neuem tapfer zu graben. Ich war entsetzlich müde, und dennoch fühlte ich zu meinem eigenen Erstaunen keinen Widerwillen mehr gegen die mir aufgedrungene Arbeit. Unerklärlicherweise hatte ich plötzlich Interesse für die Sache bekommen, ja, ich fühlte mich von einer mir selbst unerklärlichen Aufregung ergriffen. Vielleicht lag in dem extravaganten Wesen Legrands etwas, das Eindruck auf mich machte. Ich grub mit Eifer darauflos und ertappte mich hin und wieder dabei, wie ich mit einem Gefühl, das der Erwartung sehr ähnlich sah, nach dem eingebildeten Schatz spähte, der meinem unglückseligen Freunde den Verstand geraubt hatte. Als wir ungefähr anderthalb Stunden gegraben hatten und mich solch unbestimmte Gedanken gerade besonders stark beschäftigten, wurden wir durch das heftige Heulen unseres Hundes in unserem Schweigen unterbrochen. Seine frühere Lebhaftigkeit war offenbar nur Übermut und Tollheit gewesen, diesmal jedoch klang sein Gebell aufgeregt und wütend. Als Jupiter abermals den Versuch machte, ihm das Maul zu verbinden, leistete er verzweifelten Widerstand, sprang in das Loch und kratzte mit größter Heftigkeit die Erde zur Seite. In wenigen Sekunden hatte er eine Menge menschlicher Gebeine bloßgelegt, die sich zu zwei vollständigen Skeletten zusammensetzen ließen und zwischen denen verschiedene Metallknöpfe sowie Flocken, die wie vermoderte Wolle aussahen, verstreut lagen. Ein oder zwei Spatenstiche förderten die Klinge eines großen spanischen Messers zum Vorschein, ein paar weitere drei oder vier Gold- und Silbermünzen.

Bei ihrem Anblick bemächtigte sich Jupiters eine kaum zu bezähmende Freude, während sich in den Zügen seines Herrn äußerste Enttäuschung malte. Dennoch drängte er uns, mit der Arbeit fortzufahren, und hatte kaum ausgeredet, als ich stolperte und nach vorwärts fiel, weil ich mit meiner Stiefelspitze in einen großen Eisenring geraten war, der noch halbbegraben im Boden lag. Nun arbeiteten wir mit verdoppeltem Eifer weiter – niemals in meinem Leben durchlebte ich aufregendere zehn Minuten. Nach Verlauf dieser Zeit war es uns gelungen, eine längliche hölzerne Kiste frei zu machen, die, nach ihrer vollkommenen Erhaltung und wunderbaren Härte zu schließen, einem chemischen Prozeß, vielleicht einer Behandlung durch Bichlorid und Quecksilber, unterworfen worden war. Die Kiste war drei und einen halben Fuß lang, drei Fuß breit und zwei und einen halben Fuß hoch. Sie war durch Bänder aus Schmiedeeisen, die sie wie ein Gitter ganz umgaben, wohl verschlossen. An jeder Seite der Kiste, ziemlich hoch oben, befanden sich drei Ringe – im ganzen sechs –, so daß sechs Personen sie mit Leichtigkeit aus der

Grube herausheben konnten. Unseren vereinigten äußersten Anstrengungen gelang es jedoch nur, die Kiste
ein ganz klein wenig von der Stelle zu rücken, und wir
sahen ein, daß es ganz unmöglich sei, eine so ungeheure
Last weiterzubewegen.

Glücklicherweise bemerkten wir jedoch, daß der Deckel
nur durch zwei verschiebbare Bolzen befestigt war. Vor
Aufregung bebend und keuchend schoben wir sie zurück. Einen Augenblick später glitzerte uns ein Schatz
von unberechenbarem Wert entgegen. Als die Strahlen
der Laterne in die Grube fielen, blitzte und glühte es von
Gold und Juwelen, so daß wir vollständig geblendet
wurden.

Ich will nicht versuchen, die Gefühle, mit denen ich den
Schatz anstarrte, zu beschreiben. Zuerst wurde ich mir
eines endlosen Erstaunens bewußt. Legrand schien vor
Erregung ganz erschöpft und sprach nur sehr wenig. Jupiter war so bleich geworden, wie es einem Neger überhaupt nur möglich ist. Er stand ganz entgeistert da – wie
vom Donner gerührt. Dann sank er in der Grube auf die
Knie, begrub seine beiden Arme bis an die Ellbogen in
dem Gold und ließ sie darin ruhen, als wolle er die Wol-
lust eines solchen Bades ganz auskosten. Endlich rief er,
tief aufseufzend, als rede er nur mit sich selbst:

«Und alles sein gekommen von Goldkäfer! Der hüb-
schen Goldkäfer! Der armen, kleinen Goldkäfer! Ich
sein gewesen grausam zu armen, kleinen Goldkäfer.
Schämen du dich nicht vor dich selbst, Nigger? Sag
mich das!»

Da kam mir plötzlich der Gedanke, daß ich Herrn und Diener antreiben müsse, an die Bergung des Schatzes zu denken. Es wurde spät, und wir mußten alles aufbieten, um die Kostbarkeiten vor Tagesanbruch auf die Insel zu schaffen. Wie dies jedoch zu bewerkstelligen sei, war schwer zu sagen, und wir verloren mit dem Überlegen viel Zeit, denn wir waren *alle* ziemlich aufgeregt und verwirrt. Endlich erleichterten wir die Kiste, indem wir zwei Drittel ihres Inhalts herausnahmen, und konnten sie nun mit einiger Mühe aus dem Loch herausheben. Die herausgenommenen Gegenstände verbargen wir unter den Brombeersträuchern und ließen sie unter der Obhut des Hundes zurück, dem Jupiter strengsten Befehl gegeben hatte, sich nicht von der Stelle zu rühren, noch einen Laut von sich zu geben. Nun hasteten wir mit der Kiste nach Hause und kamen nach unsäglichen Mühen dort gegen ein Uhr morgens an. Wir waren jedoch zu erschöpft, um sogleich wieder an die Arbeit zu gehen, ruhten uns bis zwei Uhr aus, stärkten uns an einem kleinen Abendessen und brachen dann wieder nach dem Festland hin auf. Drei starke Säcke, die wir zum Glück in der Vorratskammer vorgefunden hatten, nahmen wir mit. Ein paar Minuten vor vier Uhr langten wir an der Grube an, teilten den Rest des Fundes gleichmäßig unter uns, füllten die Löcher gar nicht wieder aus, sondern traten den Heimweg nach der Hütte an, in der wir unsere goldene Bürde gerade in dem Augenblick niederlegten, als die ersten schwachen Morgenschimmer durch die Baumwipfel drangen.

41

Jetzt waren wir vollständig erschöpft; doch ließ uns die heftige Aufregung nicht lange ruhen. Nach einem unruhigen drei- oder vierstündigen Schlaf erhoben wir uns wie auf Verabredung wieder und begannen, den Schatz zu untersuchen.

Die Kiste war bis zum Rand gefüllt gewesen, und wir brachten den ganzen Tag und auch den größten Teil des folgenden noch damit zu, ihren Inhalt in Augenschein zu nehmen. Es lag alles bunt durcheinander; von Ordnung oder System beim Einpacken war keine Rede gewesen.

Nachdem wir alles sorgfältig sortiert hatten, sahen wir erst, daß wir im Besitze eines größeren Reichtums waren, als wir bisher vermutet hatten. An Münzen waren, wenn wir die Stücke nach dem jetzigen Kurs berechneten, etwa vierhundertfünfzigtausend Dollar vorhanden. Es war nur altes, in den verschiedensten Ländern kursierendes Gold – von französischem, spanischem und deutschem Gepräge, doch fanden wir auch ein paar englische Guineen und ein paar Spielmarken, die wir nie zuvor gesehen hatten. Einige der Münzen waren groß und schwer, jedoch so abgenützt, daß wir ihre Inschrift nicht mehr erkennen konnten. Amerikanisches Geld war keins vorhanden.

Der Wert der Juwelen war nicht so leicht abzuschätzen. Wir fanden im ganzen einhundertundzehn Diamanten, von denen mancher außerordentlich groß und schön und keiner unter Mittelgröße war; ferner achtzehn Rubine von bemerkenswertem Feuer, dreihundertundzehn

Smaragde von besonderer Schönheit und einundzwanzig Saphire sowie einen Opal. Diese Steine hatte man aus ihren Fassungen gebrochen und lose in die Kiste verstreut. Die Fassungen selbst, die wir unter dem anderen Golde fanden, schienen mit Hämmern zusammengeschlagen worden zu sein, um jedes Wiedererkanntwerden unmöglich zu machen. Überdies fanden wir eine große Menge gut erhaltener Schmucksachen – fast zweihundert massive Ohr- und Fingerringe, wenn ich mich recht erinnere, dreißig schwere Ketten, dreiundachtzig große, durch und durch echte Kruzifixe, fünf goldene Weihrauchfässer von großem Werte, eine riesige goldene Punschbowle, mit prachtvollem getriebenem Rebenlaub und Figuren aus einem Bacchuszuge geschmückt, dann zwei wundervoll gearbeitete Degengriffe und noch eine Unzahl kleinere Gegenstände, deren ich mich nicht recht mehr entsinne.

Diese Dinge wogen im ganzen über dreihundertundfünfzig Pfund, ohne eine große Anzahl prächtiger goldener Uhren – es waren hundertsiebenundneunzig –, von denen drei wohl jede ihre fünfhundert Dollar unter Brüdern wert war. Viele von ihnen waren sehr alt und als Chronometer wohl wertlos, doch waren sie alle reichlich mit Juwelen besetzt und saßen in wertvollen Gehäusen. Wir schätzten den Gesamtinhalt der Kiste in jener Nacht auf ein und eine halbe Million Dollar, doch stellte sich beim späteren Verkauf der Schmucksachen und Juwelen – wir behielten nur einige wenige für uns – heraus, daß wir ihren Wert bedeutend unterschätzt hatten.

Als wir endlich mit unserer Prüfung zu Ende waren und unsere heftige Aufregung sich zu beruhigen begann, bemerkte Legrand wohl, mit welcher Spannung ich der Lösung des ganzen Geheimnisses entgegensah, und begann, mich in alle Einzelheiten desselben einzuweihen.

«Sie erinnern sich wohl noch an jenen Abend», sagte er, «an welchem ich Ihnen die flüchtige Skizze des Käfers zeigte, und an meinen Ärger, als Sie fortwährend behaupteten, meine Zeichnung sähe einem Totenkopf ähnlich. Als Sie es zum ersten Male sagten, glaubte ich, Sie wollten einen Scherz machen. Doch erinnerte ich mich bald der sonderbaren Flecken auf dem Rücken des Insekts und mußte zugeben, daß Ihre Bemerkung ein wenig begründet sein konnte. Dennoch kränkte mich der Hohn über meine Fähigkeiten, denn ich galte im allgemeinen als ein tüchtiger Zeichner; ich wollte deshalb das Stück Pergament zerknittern und zornig ins Feuer werfen...»

«Sie meinen das Papierstückchen?» fragte ich.

«Nein», fuhr er fort, «der Schnitzel sah nur aus wie Papier, und anfänglich hielt ich ihn selbst dafür. Doch als ich auf ihm zeichnete, entdeckte ich, daß er ein Stück außerordentlich dünnen Pergaments sei. Er war, wie Sie sich erinnern werden, ziemlich beschmutzt. In dem Augenblick nun, in dem ich ihn zusammenknitterte, fiel mein Blick auf die Skizze, die Sie eben betrachtet hatten, und Sie können sich mein Staunen vorstellen, als ich die Figur eines Totenkopfes wirklich gerade da erblickte, wo ich, wie mir schien, den Käfer hingezeichnet hatte. Einen Augenblick lang war ich zu bestürzt, um ernstlich nachdenken zu können. Ich wußte, daß *meine* Zeichnung im Detail von dieser hier merklich abwich – obgleich im allgemeinen Umriß eine Ähnlichkeit nicht zu verkennen war. Ich ergriff darauf eine Kerze, setzte mich in die andere Ecke des Zimmers und begann, das Pergamentstück genauer zu untersuchen. Als ich es umwandte, bemerkte ich auf der Rückseite meine Skizze, sie war noch genau so, wie ich sie gemacht hatte. Meine erste Empfindung war nur ein Staunen über die wirklich bemerkenswerte Ähnlichkeit des Umrisses – über das sonderbare Zusammentreffen, daß, ohne daß ich es gewußt, auf der anderen Seite des Pergamentes ein Totenschädel stand, der nicht nur im Umriß, sondern auch in der Größe mit meiner Käferzeichnung vollständig übereinstimmte. Also, wie gesagt, das Sonderbare dieses Zusammentreffens verwirrte mich ein paar Minuten lang. So geht es einem ja gewöhnlich in derlei Fällen. Der Geist müht sich ab, einen Zusammenhang, eine Folge von Ursache und Wirkung herauszufinden, und da ihm dies nicht gelingt, erleidet er eine Art vorübergehender Lähmung. Doch als ich mich von meiner Verblüffung langsam wieder erholte, dämmerte in meinem Geist eine Überzeugung auf, die noch viel überraschender war als dies Zusammentreffen. Ich erinnerte mich plötzlich deutlich und gewiß, daß auf dem Pergament, als ich meinen Käfer hinskizzierte, *keine* Zeichnung gestanden hatte. Dessen war ich vollständig gewiß, denn ich wußte, daß ich das Blatt auf beiden Seiten betrachtet hatte, um die reinste Stelle ausfindig zu machen. Wäre die Zeichnung des Totenkopfes damals schon vorhanden gewesen, ich hätte sie unbedingt sehen müssen. Ich stand also vor einem Geheimnis, das ich mir vergebens zu erklären suchte; aber selbst damals schon glomm in den untersten, verborgensten Kammern meines Geistes glühwurmgleich eine Erkenntnis jener Wahrheit auf, die das Ereignis der letzten Nacht so glorreich bewiesen hat. Ich stand auf, verschloß das Pergament in ein sicheres Fach und gab alles Nachdenken auf, bis ich allein sei.

Als Sie sich verabschiedet hatten und Jupiter fest schlief, fing ich an, die Sache etwas methodischer zu untersuchen. Zuerst sann ich nach, auf welche Weise das Pergamentstück in meinen Besitz gekommen. Die Stelle, an der wir den Käfer entdeckt hatten, befand sich am Ufer des Festlandes, etwa eine Meile östlich von der Insel und nur wenig über dem Merkzeichen für den höchsten Wasserstand zur Flutzeit. Als ich ihn fing, versetzte er mir einen ziemlich heftigen Biß, so daß ich ihn wieder fallen ließ. Jupiter jedoch suchte mit seiner gewohnten Vorsicht nach einem Blatt oder irgend etwas Ähnlichem, um das Tier, das nun ihm zugeflogen war, damit zu fangen. In dem Augenblick bemerkten wir gleichzeitig jenen Pergamentbogen, den ich für ein Stück Papier hielt. Er lag halb im Sande vergraben, nur eine Ecke ragte heraus. An demselben Ort, an dem wir ihn fanden, erblickte ich auch die Überreste eines

Schiffsrumpfes, wahrscheinlich eines Langbootes. Jedenfalls hatten sie schon lange Zeit hier gelegen, denn sie waren eigentlich kaum noch als Schiffsholz zu erkennen.

Jupiter hob also das Pergamentstück auf, wickelte den Käfer hinein und überreichte ihn mir in seiner Umhüllung. Bald darauf traten wir den Heimweg an und begegneten unterwegs Leutnant G., dem ich den Käfer zeigte. Er bat mich, ihm das Insekt zu leihen, ich willigte ein, und er steckte den Käfer in seine Westentasche, während ich das Stück Pergament in der Hand hielt. Vielleicht fürchtete der Leutnant, ich werde anderen Sinnes werden, und wartete gar nicht ab, bis ich die Beute wieder eingepackt hatte – Sie wissen ja, wie sehr er sich für alles, was Naturgeschichte angeht, interessiert. Mittlerweile muß ich wohl, ganz unbewußt, das Pergamentstückchen wieder eingesteckt haben.

Sie erinnern sich, daß ich, um den Käfer zu zeichnen, auf dem Tisch nach Papier suchte, jedoch keines fand. Ich forschte dann in meinen Taschen nach, in der Hoffnung, einen alten Brief zu finden, und entdeckte das Pergament. Ich erzähle Ihnen dies alles absichtlich so genau, weil mich die sonderbaren Umstände, unter denen ich in seinen Besitz gelangte, besonders frappierten.

Sie werden mich sicher für einen stark phantastischen Menschen halten, wenn ich Ihnen sage, daß ich mir schon damals eine Art Zusammenhang ausgedacht hatte. Ich hatte zwei wichtige Glieder einer großen

Kette miteinander verbunden: an der Seeküste lagen die Überreste eines Bootes, und nicht weit von dem Boot ein Stück Pergament – kein Papier –, auf dem ein Schädel gezeichnet stand. Sie werden nun natürlich fragen: ‹Wo ist da der Zusammenhang?› Ich antworte Ihnen, daß ein Schädel oder Totenkopf das wohlbekannte Sinnbild der Piraten ist. Sobald es zum Kampf kommt, ziehen die Seeräuber die Flagge mit dem Totenkopf auf.

Ich betonte schon, daß der gefundene Fetzen kein Papier, sondern Pergament war, das dauerhaft, ja fast unzerstörbar ist. Unwichtige Dinge schreibt man selten auf Pergament, denn es ist zum Schreiben und Zeichnen absolut nicht so gut geeignet wie Papier. Dieser Gedanke ließ mich in dem Totenkopf irgend etwas Bedeutsames erblicken und veranlaßte mich, die Form des ganzen Pergamentstückes näher ins Auge zu fassen. Obgleich eine der Ecken durch irgendeinen Zufall abgerissen worden war, konnte man doch leicht erkennen, daß die ursprüngliche Form des Pergamentes eine längliche gewesen war. Ein solcher Streifen mochte sehr wohl gewählt worden sein, um irgendeine merkwürdige Tatsache aufzuzeichnen – oder um zu verhindern, daß irgendein Umstand der Vergessenheit anheimfalle.»

«Aber Sie sagen doch», warf ich ein, «daß sich der Schädel *nicht* auf dem Pergament befand, als Sie den Käfer zeichneten. Wie können Sie dann nur einen Zusammenhang zwischen dem Boot und dem Schädel sehen, da Ihrer eigenen Ansicht nach dieser doch – weiß

Gott durch wen – *später* als der Käfer aufgezeichnet wurde?»

«Ach, sehen Sie, hierum dreht sich eben das ganze Geheimnis, obgleich gerade dieser Punkt nicht schwer zu lösen ist. Ich schloß also: Als ich den Käfer zeichnete, war auf dem Pergament kein Schädel zu sehen. Als ich mit meiner Zeichnung fertig war, überreichte ich sie Ihnen und beobachtete Sie genau, bis Sie mir diese zurückgaben. Sie zeichneten den Schädel auch nicht, und außer uns war niemand zugegen, der es hätte tun können. Die Zeichnung war also nicht von Menschenhänden gemacht, und dennoch war sie da.

Als ich mit meinen Gedanken so weit gekommen, suchte ich mich, und zwar mit Erfolg, jeder Kleinigkeit genau zu erinnern, die um die betreffende Zeit vorgefallen war. Das Wetter war sehr kalt gewesen (ein ebenso seltenes wie für mich glückliches Ereignis im Oktober), auf dem Herd brannte ein Feuer. Ich war durch die Bewegung warm geworden und hatte mich an den Tisch gesetzt; Sie hatten sich den Armstuhl ganz nah ans Feuer gerückt. In dem Augenblick, als ich Ihnen meine Zeichnung überreichte, kam Wolf, der Neufundländer, hereingestürmt und sprang an Ihnen empor. Mit Ihrer linken Hand liebkosten Sie ihn und suchten ihn abzuwehren, während Ihre Rechte, die das Pergament hielt, achtlos zwischen den Knien hinabsank und in unmittelbare Nähe des Feuers geriet. Einen Augenblick lang fürchtete ich schon, die Zeichnung werde in Brand geraten, und wollte Sie warnen; im nächsten Moment jedoch hatten Sie sich des Hundes erwehrt und begannen das Bild zu betrachten. Als ich mich an all dies erinnerte, wurde mir plötzlich klar, daß die *Hitze* die Ursache war, welche den Schädel auf dem Pergamentstück zum Vorschein gebracht hatte. Es ist Ihnen jedenfalls bekannt, daß es chemische Präparate gibt und schon immer gegeben hat, vermittels deren man auf Papier oder Pergament so schreiben kann, daß die Schriftzüge erst dann sichtbar werden, wenn man sie der Wirkung des Feuers aussetzt. Ist das beschriebene Material kalt geworden, so verschwinden sie und kommen erst bei erneuter Erwärmung wieder zum Vorschein. Nun unterwarf ich den Totenkopf einer sorgfältigen Betrachtung. Seine äußeren Ränder, das heißt diejenigen, welche dem Rand des Pergaments zunächst lagen, waren deutlicher als die anderen. Offenbar war die Wirkung der Wärme unvollkommen und ungleich gewesen. Ich zündete sofort ein Feuer an und setzte jeden Teil des Pergamentstückes einer Glühhitze aus. Dies hatte anfänglich keine andere Wirkung, als die schwachen Linien des Schädels zu verstärken, doch als ich längere Zeit bei dem Experiment verharrte, erschien in einer Ecke des Fetzens, dem Totenkopf schräg gegenüber, eine Figur, die ich anfänglich für eine Geiß hielt. Bei näherer Prüfung erkannte ich jedoch, daß es ein junger Bock sein sollte.»

«Haha», lachte ich auf, «ich habe gewiß kein Recht, Sie auszulachen – ein und eine halbe Million Gold ist gewiß eine zu bedeutende Sache, als daß man seinen

Spott damit treiben sollte – doch wie wollen Sie nun ein drittes Glied in Ihrer Kette nachweisen, wie wollen Sie den Zusammenhang zwischen den Piraten und der Geiß herstellen? Seeräuber haben doch eigentlich mit diesen Tieren nichts zu tun; für die interessiert sich doch höchstens ein Landmann.»

«Aber ich habe Ihnen doch schon gesagt, daß das Bild *keine* Geiß vorstellte.»

«Also meinetwegen einen jungen Bock – das ist doch fast dasselbe.»

«Fast dasselbe, aber doch nicht ganz», antwortete Legrand. «Sie haben sicher schon von einem Kapitän Kidd* gehört; jedenfalls sah ich das Abbild dieses Tieres als eine Art Wortspiel oder vielmehr ein hieroglyphisches Zeichen für diesen Namen an, denn seine Stellung auf dem Papier legte einen solchen Gedanken sehr nahe. Der Totenkopf in der schräg gegenüberliegenden Ecke sah aus wie ein Gepräge oder Siegel. Doch erklärte dies alles gar nichts, und mit den paar Anhaltspunkten konnte ich eigentlich nichts weiter anfangen.»

«Ich glaube, Sie erwarteten, zwischen dem Siegel und dem hieroglyphischen Zeichen einen Brief zu finden?»

«Ja, oder wenigstens etwas Ähnliches. Jedenfalls verfolgte mich die Ahnung, es stände mir irgendein großes Glück bevor. Weshalb, vermag ich nicht recht zu sagen. Vielleicht war es zum Schluß auch mehr nur ein

---

* Kidd bedeutet Böcklein, junger Bock.

Wunsch als eine wirkliche Vorahnung, aber Sie werden sich jedenfalls erinnern, daß Jupiters törichte Worte, der Käfer bestehe ganz aus Gold, einen merkwürdigen Eindruck auf meine Phantasie gemacht hatten. Und dann jene merkwürdige Folge von Zufällen und Zusammentreffen – bedenken Sie doch nur, welch sonderbarer Zufall es war, daß ich das Pergament an jenem *einzigen* kalten Tage fand, an dem ein Feuer im Kamin brannte, und daß ich es Ihnen in dem Augenblick überreichte, in dem der Hund hereingestürzt kam und Sie, um ihn abzuwehren, Ihre rechte Hand mit der Zeichnung den Flammen nahe brachten! Daß ich ohne diesen Umstand den Totenkopf niemals erblickt und den Schatz niemals gefunden hätte!»

«Erzählen Sie nur weiter, ich bin voller Spannung!»

«Also, Sie haben ohne Zweifel die vielen Geschichten und unbestimmten Gerüchte gehört, nach denen Kidd und dessen Spießgesellen irgendwo an der Küste des Atlantischen Ozeans eine Unmasse Gold vergraben haben sollen. In dergleichen Gerüchten ist gewöhnlich ein Körnchen Wahrheit verborgen, und daß sich diese Geschichte vom Kapitän Kidd so lange erhielt, hatte meines Erachtens seinen Grund nur in dem Umstand, daß der vergrabene Schatz noch irgendwo *unaufgefunden* lag. Hätte Kapitän Kidd seine Schätze eine Zeitlang verborgen und später wieder in Besitz genommen, so würden die Gerüchte diese letzte Tatsache gewiß nicht verschwiegen haben. Sie wären in der Folge, als nicht mehr interessant, aus dem Gedächtnis des Volkes geschwunden. Sie haben wahrscheinlich schon bemerkt, daß man überall von Goldsuchern, fast nie jedoch von Goldfindern erzählt. Mir kam nun der Gedanke, daß irgendein Zufall – nehmen wir an: der Verlust des Schriftstückes, das die Lage des vergrabenen Schatzes ankündigte – dem Kapitän die Möglichkeit genommen habe, sich wieder in Besitz seines Eigentums zu setzen. Dieser Zufall wurde seinen Genossen bekannt und gab Anlaß zu all den Gerüchten, die jetzt so allgemein geworden sind. Haben Sie jemals gehört, daß man früher einmal an der Küste einen Schatz gehoben habe?»

«Niemals!»

«Doch ist es bekannt, daß Kidd ungeheure Schätze aufgespeichert hat. Ich hielt deshalb für gewiß, daß sie noch immer in der Erde verborgen lägen; und Sie werden kaum noch überrascht sein, wenn ich Ihnen sage, daß ich die Hoffnung, ja, fast die Gewißheit in mir aufsteigen fühlte, das unter so sonderbaren Umständen gefundene Pergament enthalte die verlorene Nachricht über den Ort, an dem der Schatz vergraben lag.

Ich hielt das Pergament nochmals über ein noch stärkeres Feuer, doch kam nichts weiter zum Vorschein. Da fiel mir ein, daß die dicke Lage von Schmutz vielleicht schuld daran sei, und ich reinigte das Pergamentstück sorgfältig mittels warmen Wassers. Dann legte ich es, den Schädel nach unten, in eine zinnerne Pfanne über ein Steinkohlenfeuer. Schon nach einigen Minuten war die Pfanne heiß, ich ergriff das Pergament und fand es zu meiner unaussprechlichen Freude mit Zahlen bedeckt, die in Linien geordnet zu sein schienen. Darauf legte ich es noch eine Minute lang in die Pfanne zurück und nahm es in dem Zustand heraus, in dem Sie es jetzt hier erblicken.»

Hier zeigte mir Legrand das Pergamentstück, das er eben wieder erwärmt hatte. Zwischen dem Totenkopf und dem jungen Bock erblickte ich folgende, anscheinend von ungeübter Hand geschriebene Zeichen:

53 ≠ ≠ † 305)) 6 *; 4826) 4 ≠ .) 4 ≠) ; 806 * ; 48 † 8] / 60)) 85 ; 1 ≠ (; : ≠ * 8 † 83 (88) 5 * † ; 46 (; 88 * 96 * ? ; 8) * ≠ (; 485) ; 5 * † 2 : * ≠ (; 4956 * 2 (5 * — 4) 8] / 8 * ; 40 69 285) ;) 6 † 8) 4 ≠ ≠ ; 1 (≠ 9 ; 48 0 81 ; 8 : 8 ≠ 1 ; 48 † 85 ; 4) 485 † 52 8806 * 81 (≠ 9 ; 4 8 ; (88 ; 4 (≠ ? 34 ; 48) 4 ≠ ; 161 ; : 188 ; ≠ ? ;

«Ich bin allerdings noch geradeso im unklaren wie früher», antwortete ich und gab Legrand das Blatt zurück. «Und verspräche mir jemand für die Lösung des Rätsels alle Edelsteine von Golconda, ich könnte sie nicht verdienen.»

«Und doch ist sie keineswegs so schwierig», meinte Legrand, «wie diese Zeichen auf den ersten Blick vermuten lassen. Sie bilden, wie leicht zu erraten ist, eine Chiffre, das heißt, sie drücken einen Sinn aus. Alles, was ich jedoch von Kapitän Kidd gehört hatte, ließ darauf schließen, daß er kein allzu gewandter Kryptograph gewesen ist. Ich nahm also an, daß diese Chiffre ziemlich einfach sein müsse und nur dem ungebildeten Seemann, solange ihm der Schlüssel fehlte, unverständlich bleiben konnte.»

«Und Sie haben den Sinn vollständig erraten?»

«Ohne allzu große Mühe! Habe ich doch Geheimschriften gelesen, die tausendmal schwieriger waren. Es reizte mich immer sehr, solche Rätsel zu lösen, und außerdem ist es sehr zu bezweifeln, ob der menschliche Scharfsinn ein Rätsel ersinnen könnte, das menschlicher Scharfsinn bei gehörigem Fleiß nicht wieder zu lösen vermöchte! Und in der Tat dachte ich, nachdem ich dem Pergament die Zeichen einmal entlockt hatte, kaum mehr daran, es könnte irgendwie schwierig sein, ihren Sinn zu enträtseln.

In meinem Fall, ja, wohl in allen Fällen, in denen es sich um Geheimschrift handelt, ist die erste Frage die, in welcher Sprache die Chiffre geschrieben ist, denn die Prinzipien der Lösung hängen, besonders wenn es sich um einfachere Chiffren handelt, fast allein von dem Geist der betreffenden Sprache ab. Im allgemeinen bleibt jemandem, der eine solche Geheimschrift lesen will, nichts übrig, als mit allen ihm bekannten Sprachen die Experimente anzustellen, die ihm am ehesten Erfolg zu versprechen scheinen, bis er endlich das Richtige findet. Jedoch die Unterschrift unserer Chiffre enthob mich jeder Schwierigkeit. Das Wortspiel ‹Kidd› wies mich klar und deutlich auf die englische Sprache. Wäre dies nicht der Fall gewesen, so hätte ich mit der spanischen oder französischen Sprache begonnen, da sich die Piraten aus den spanischen Gewässern ihrer wohl am ehesten bedient haben würden. So jedoch mußte ich annehmen, die Chiffre beziehe sich auf die englische Sprache.

Sie sehen, daß die Worte nicht voneinander getrennt sind; in diesem Fall wäre meine Arbeit bedeutend leichter gewesen. Ich hätte dann damit begonnen, die kürzeren Worte zu analysieren und miteinander zu vergleichen, und hätte ich ein aus einem einzigen Buchstaben bestehendes Wort gefunden – ein ‹a› oder ‹J› zum Beispiel –, so hätte ich die Lösung als gelungen ansehen können. Doch da die Worte eben nicht abgeteilt waren, beschränkte ich mich darauf, die am häufigsten sowie die am seltensten vorkommenden Buchstaben ausfindig zu machen. Als ich alle gezählt hatte, fertigte ich folgende Tabelle an:

Die	Chiffre	8	kommt	33mal	vor
„	„	;	„	26	„
„	„	4	„	19	„
„	„	≠)	„	16	„
„	„	*	„	13	„
„	„	5	„	12	„
„	„	6	„	11	„
„	„	†1	„	8	„
„	„	0	„	6	„
„	„	92	„	5	„
„	„	:3	„	4	„
„	„	?	„	3	„
„	„	]/	„	2	„
„	„	—.	„	1	„

Nun kommt in der englischen Sprache der Vokal e am häufigsten vor. Dann folgen a, o, i, d, h, n, r, s, t, u, y, c, f, g, l, m, w, b, k, p, q, x, z. Der Buchstabe e jedoch herrscht so auffallend vor, daß man überhaupt kaum einen längeren Satz trifft, in dem er nicht *bedeutend* öfter als alle übrigen Buchstaben enthalten ist.

Wir haben also hier gleich am Anfang die Grundlage zu einer sicheren Vermutung. Wie nützlich im allgemeinen eine Tabelle wie die unsrige ist, liegt auf der Hand, bei unserer Geheimschrift jedoch werden wir sie nur teilweise nötig haben. Unsere vorherrschende Chiffre ist 8, und wir wollen damit beginnen, sie als das e des natürlichen Alphabetes anzusehen. Um uns von der Richtigkeit unserer Vermutung zu überzeugen, forschen wir noch nach, ob die Zahl 8 oft paarweise vorkommt – ein doppeltes e findet man im Englischen sehr häufig, man denke nur an meet, fleet, speed, seen, been, agree usw. Wir finden denn auch die Zahl nicht weniger als fünfmal doppelt vor, obwohl die ganze Mitteilung nur sehr kurz ist.

Nehmen wir also an, 8 bedeute e. Nun aber kommt von allen englischen Wörtern der Artikel ‹the› am häufigsten vor; wir müssen also nachforschen, ob wir nicht Wiederholungen von drei Zahlen in derselben Reihenfolge finden, deren letzte eine 8 ist. Gelingt uns dies, so können wir mit ziemlicher Sicherheit annehmen, daß sie das Wort ‹the› bedeuten. Bei genauer Untersuchung finden wir nicht weniger als sieben solcher Zeichenstellungen, und zwar die Chiffren ; 4 8.

Wir können also annehmen, daß ; t bedeutet, 4 das
Zeichen für h und 8 das Zeichen für e ist, und hätten
damit schon einen großen Schritt nach vorwärts getan.

Nachdem wir dies eine Wort gefunden haben, können wir einen anderen unendlich wichtigen Punkt
feststellen, nämlich verschiedene Wortanfänge und
Endungen. Sehen wir uns die Stelle an, wo die Kombination ; 4 8 zum vorletztenmal vorkommt – nicht
weit vom Ende der ganzen Schrift. Wir wissen, daß
das ; , welches unmittelbar darauf folgt, den Anfang
eines neuen Wortes bildet, und von den sechs Zeichen, die auf dieses ‹the› folgen, sind uns nicht weniger als fünf bekannt. Diese Zeichen wollen wir in die
Buchstaben des gewöhnlichen Alphabetes übersetzen
und für die uns noch unbekannten einen leeren Raum
lassen –

t eeth

Das ‹th› können wir bald fallenlassen, weil es kein
Teil des mit t anfangenden Wortes sein kann; denn
wenn wir das ganze Alphabet nach einem passenden
Buchstaben durchsuchen, so würde sich doch keiner
finden, der mit den vorhandenen ein Wort bildete. So
sind wir also auf

t ee

beschränkt, und wenn wir noch einmal wie zuvor das
Alphabet durchsuchen, finden wir einzig und allein den
Buchstaben r, der in Verbindung mit t ee einen Sinn,
das Wort tree nämlich, ergibt. So haben wir einen neuen

Buchstaben erkannt, der durch das Zeichen (darge-
stellt ist, und zwei nebeneinander stehende Worte, ‹the
tree›. Sehen wir etwas weiter, so finden wir bald wieder
die Kombination ; 4 8 und wollen sie diesmal als En-
dung für das, was unmittelbar voransteht, gebrauchen.
Wir haben dann folgende Anordnung:

the tree ; (≠ ? 3 4 the

oder in die uns bekannten Buchstaben übersetzt:

the tree thr ≠ ? 3 h the

Lassen wir nun für die unbekannten Schriftzeichen
freien Raum oder setzen wir Pünktchen, so erhalten wir
folgende Lesart:

the tree thr... h the

und denken sofort unwillkürlich an das Wort through.
Diese Entdeckung jedoch verschafft uns drei neue Buchstaben, o, u und g, die sich unter den Zeichen ≠ ? und 3
verbargen.
Durchsuchen wir nun die Chiffre von neuem, um Ver-
bindungen bekannter Zeichen herauszufinden, so entdecken wir ziemlich am Anfang die Anordnung:

8 3 (8 8 oder egree

was offenbar den Schluß des Wortes degree bildet. Auf
diese Weise haben wir wieder einen neuen Buchstaben
gefunden, nämlich d unter dem Zeichen †.
Vier Zeichen hinter dem Wort degree sehen wir die
Kombination ; 4 6 (; 8 8 *
Übersetzen wir die bekannten Zeichen in Buchstaben
und stellen die unbekannten durch Pünktchen dar, so
lesen wir

th . rtee.

und werden unbedingt an das Wort ‹thirteen› erinnert und mit zwei neuen Buchstaben – i und n unter den Zeichen 6 und * – bekannt gemacht.

Betrachten wir nun den Anfang des Kryptogramms, so finden wir die Verbindung:

$$5\ 3\ \ddagger\ \ddagger\ \dagger$$

Übersetzen wir dies nach unserem vorherigen Schema, so erhalten wir

.good

und kommen leicht zu der Überzeugung, daß das erste Zeichen A bedeutet, der Anfang der Chiffre also lautet:

A good

Doch müssen wir nun unseren Schlüssel, soweit wir ihn fanden, in einer Tabelle ordnen, um größere Klarheit zu erhalten. Wir wissen, daß

5 = a	4 = h	(= r
† = d	6 = i	; = t ist
8 = e	* = n	
3 = g	≠ = o	

Wir kennen also bis jetzt nicht weniger als zehn der wichtigsten Buchstaben, und es ist unnötig, auf die Details der Lösung noch weiter einzugehen. Ich habe Ihnen genügend gezeigt, daß Chiffren dieser Art sehr leicht lösbar sind und auf welchen Prinzipien man ihre Lösung aufbaut. Doch glauben Sie mir, daß die vorliegende Geheimschrift wohl die einfachste ist, die ich je kennengelernt habe.

Ich will Ihnen nun eine vollständige Übersetzung der Zeichen geben, die das Pergament enthielt:

‹A good glass in the bishop's hostel in the devil's seat forty-one degress and thirteen minutes northeast and by north main branch seventh limb east side shoot from the left eye of the death's head a bee line from the tree through the shot fifty feet out.›

Ein gutes Glas im Bischofshotel in des Teufels Sitz einundvierzig Grad und dreizehn Minuten nordöstlich und nördlich Hauptast siebenter Ast Ostseite schieß von dem linken Auge des Totenkopfes eine kerzengerade Linie von dem Baum durch den Schuß fünfzig Fuß hinaus.»

«Aber», warf ich ein, «das Rätsel erscheint mir noch immer so unlösbar wie vorher. Wie konnten Sie nur dem Kauderwelsch von ‹Teufelssitz›, ‹Totenkopf› und ‹Bischofshotel› einen Sinn entnehmen?»

«Ich gestehe gern», erwiderte Legrand, «daß die Sache noch immer schwierig aussieht, wenn man sie nur oberflächlich betrachtet. Ich bemühte mich also weiter, den Satz so einzuteilen, wie er im Sinn des Kryptographen eingeteilt gewesen ist.»

«Sie haben ihn mit Interpunktion versehen?»

«Ja, wenigstens tat ich ähnliches.»

«Aber wie war dies zu bewerkstelligen?»

«Ich war zu der Ansicht gekommen, daß der Schreiber die Worte absichtlich ineinander geschoben hatte, um ihr Verständnis zu erschweren. Nun wird jeder nicht allzu scharfsichtige Mann – und für einen solchen halte ich den Verfasser dieser Chiffre – bei solcher Gelegenheit leicht übertreiben, das heißt in unserem Fall dort, wo ein Abstand im Satz stehen müßte, die Zeichen auffallend dicht zusammendrängen. Tatsächlich ist dies bei unserer Chiffre an fünf Stellen geschehen, an denen ich dann den Satz wie folgt abteilte:

A good glass in the bishop's hostel in the devil's seat – forty-one degrees and thirteen minutes – northeast and by north – main branch seventh limb east side – shoot from the left eye of the death's-head – a bee line from the tree through the shot fifty feet out.

Ein gutes Glas im Bischofshotel in des Teufels Sitz – einundvierzig Grad und dreizehn Minuten – nordöstlich und nördlich – Hauptast, siebenter Ast Ostseite – schieße von dem linken Auge des Totenkopfes – eine kerzengerade Linie von dem Baume durch den Schuß fünfzig Fuß hinaus.»

«Aber selbst dies Abteilen», warf ich ein, «hat mich um nichts klüger gemacht.»

«Auch ich tappte einige Tage noch ganz im dunkeln», erwiderte Legrand. «Zunächst erkundigte ich mich eifrig in der Umgegend der Sullivans-Insel, ob vielleicht irgendein Haus den Namen Bischofshotel führte. Als ich jedoch nicht das geringste erfahren konnte, wollte ich den Kreis meiner Nachforschungen schon erweitern und systematischer vorgehen, da fiel mir plötzlich ein, dies ‹Bischofshotel› könne seinen Namen vielleicht von einer alten Familie Bessop herleiten, die vor langen, langen Jahren etwa vier Meilen nördlich von der Insel einst ein großes Farmhaus besessen hatte. Ich ging also auf diese Plantage hinüber und setzte meine Erkundigungen unter den älteren Negern fort. Endlich hörte ich von einem uralten Weibe, daß sie das Bischofs- oder Bessopskastell wohl kenne und mich dahin führen könne, doch sei es weder ein Schloß noch ein Wirtshaus, sondern ein hoher Felsen.

Ich versprach ihr eine gute Bezahlung für ihre Mühe, worauf sie sich nach einigem Besinnen bereit erklärte, mich an den betreffenden Ort zu bringen. Wir fanden ihn ohne weitere Schwierigkeit; ich entließ meine Führerin und begann meine Untersuchungen anzustellen. Das ‹Kastell› bestand aus unregelmäßig aufeinandergetürmten Klippen und Felsen, von denen einer sowohl durch seine Höhe wie durch seine isolierte, fast künstliche Stellung auffiel. Ich kletterte auf seine höchste Spitze und wußte dann nicht recht, was ich nun weiter beginnen sollte.

Als ich noch darüber nachsann, fielen meine Blicke auf einen schmalen Vorsprung an der Ostseite des Felsens, vielleicht eine Elle unter dem Gipfel, auf dem ich stand. Dieser Vorsprung stand etwa achtzehn Zoll von dem Felsen ab und war nicht mehr als einen Fuß breit; eine Nische im Felsen gerade über dem Vorsprung gab diesem eine ungefähre Ähnlichkeit mit einem jener Stühle mit gewölbtem Rücken, deren sich unsere Vorväter bedienten. Ich zweifelte nun nicht

mehr, daß dies der Teufelssitz sei, von dem das Pergament sprach, und glaubte nun, die ganze Lösung des
Rätsels in der Hand zu haben. Das ‹gute Glas› konnte
sich meines Erachtens auf nichts anderes als auf ein
Teleskop beziehen, da das Wort ‹Glas› bei Seeleuten
selten in anderem Sinne gebraucht wird. Ich mußte
mir also ein Teleskop verschaffen sowie einen Standpunkt aufsuchen, der nicht der *geringsten Veränderung*
unterlag, während ich meine Beobachtungen anstellte.
Auch nahm ich sofort als sicher an, daß die Worte:
‹einundvierzig Grad und dreizehn Minuten› und
‹nordöstlich und nördlich› die Richtung beim Einstel-
len des Glases angeben sollten. Ziemlich erregt über
diese Entdeckungen eilte ich nach Hause, verschaffte
mir ein Teleskop und kehrte in kürzester Zeit zu dem
Felsen zurück.

Vorsichtig glitt ich auf den Vorsprung hinab und fand,
daß man nur in einer einzigen Stellung einen sicheren
Sitz auf ihm einnehmen konnte. Diese Tatsache bestärkte mich nur noch mehr in meiner vorgefaßten Meinung, und ich schickte mich an, das Glas zu gebrauchen. Die Worte ‹einundvierzig Grad und dreizehn
Minuten› konnten natürlich keinen anderen Sinn haben, als die Höhe über dem sichtbaren Horizont anzugeben, da die horizontale Richtung durch die Worte
‹nordöstlich› und ‹nördlich› deutlich genug bezeichnet
worden war. Diese Richtung stellte ich mittels meines
Taschenkompasses fest und bewegte dann das Teleskop, nachdem ich es, so genau ich nur konnte, auf einen

Winkel von einundvierzig Grad Höhe eingestellt hatte, behutsam auf und ab, bis meine Aufmerksamkeit durch die kreisrunde Öffnung im Laubwerk eines Baumes erregt wurde, der über alle seine Nachbarn weit hervorragte. Im Mittelpunkt dieser Öffnung gewahrte ich einen weißen Punkt, konnte aber anfänglich nicht erkennen, was es war. Ich stellte das Teleskop schärfer ein, schaute abermals angestrengt hin und erkannte einen Totenschädel.

Nach dieser Entdeckung hielt ich höchst erfreut das Rätsel schon für gänzlich gelöst, denn der Satz: Hauptast, siebenter Ast, Ostseite konnte sich nur auf die Lage des Schädels auf dem Baum beziehen, und die weitere Bemerkung: ‹Schieß von dem linken Auge des Totenkopfes› ließ ebenfalls nur *eine* Auslegung betreffs des Versteckes des Schatzes zu. Ich verstand die Worte so, daß aus dem linken Auge des Schädels eine Kugel hinabgelassen oder geschossen werden sollte, und eine ‹kerzengerade Linie› von dem nächsten Punkt des Stammes durch den ‹Schuß› oder den Punkt, auf den die Kugel fiel, gezogen und bis auf fünfzig Schritt verlängert werden müsse, um den Platz anzuzeigen, unter dem meiner Meinung nach Gegenstände von Wert verborgen liegen *konnten*.»

«Alles dies», sagte ich, «ist ungemein klar, sinnreich und dabei doch einfach. Jedoch was taten Sie, als Sie das Bischofskastell verließen?»

«Nun, ich merkte mir den Baum genau und trat den Heimweg an. In dem Augenblick jedoch, in dem ich den

‹Teufelssitz› verließ, verschwand auch die kreisförmige Öffnung, und ich konnte sie, wie ich auch das Teleskop drehen und wenden mochte, nicht mehr erblicken. Wiederholte Versuche haben mich überzeugt, daß sie tatsächlich einzig und allein nur von dem erwähnten Felsvorsprung aus sichtbar ist.

Auf der Expedition zum Bischofskastell hatte mich Jupiter begleitet. Wahrscheinlich war ihm schon seit ein paar Wochen mein tiefsinniges Wesen aufgefallen, denn er ließ mich keinen Augenblick allein. Am folgenden Morgen jedoch stand ich sehr früh auf, entwischte ihm und begab mich in die Berge, um den Baum aufzusuchen. Ich fand ihn nach langem Wandern. Als ich spät des Abends zurückkam, wollte mein Diener mich durchprügeln, und mit dem Rest des Abenteuers sind Sie, wie ich glaube, selbst so gut bekannt wie ich.»

«Sie trafen vermutlich beim ersten Nachgraben die rechte Stelle nicht», warf ich ein, «weil Jupiter in seiner Dummheit den Käfer durch das rechte statt durch das linke Auge des Schädels fallen ließ?»

«So ist es. Dieser Irrtum verlegte den Schuß zwei und einen halben Zoll von der richtigen Stelle weg. Hätte der Schatz unter dem ‹Schuß› gelegen, so hätte dies nicht viel zu bedeuten gehabt, aber der ‹Schuß› und der nächstliegende Punkt des Baumes waren nur die Angaben für eine weitere Richtungslinie, bei deren Verlängerung wir natürlich immer weiter von der richtigen Stelle abkamen, bis wir in der Entfernung von fünfzig Fuß die

«Spur ganz und gar verloren hatten. Wäre ich nicht so felsenfest überzeugt gewesen, es *müsse* in der Nähe ein Schatz begraben sein, so hätten wir all die Arbeit wohl umsonst verrichtet.»

«Aber Ihr stolz beredtes Benehmen und die merkwürdigen Manipulationen mit dem Käfer – wie höchst seltsam! Ich dachte bestimmt, Sie hätten den Verstand verloren. Und weshalb bestanden Sie darauf, statt einer Kugel den Käfer durch das Auge des Totenkopfes fallen zu lassen?»

«Nun, um die Wahrheit zu gestehen, ich ärgerte mich etwas darüber, daß Sie an meiner Zurechnungsfähigkeit zweifelten, und beschloß deshalb, Sie unmerklich auf meine Weise zu strafen, indem ich ein wenig mystifizierte. Nur deshalb schwang ich den Käfer hin und her und ließ ihn vom Baum herabgleiten. Übrigens hat mich erst Ihre Bemerkung, wie auffallend schwer er sei, auf diesen letzten Gedanken gebracht.»

«Nun habe ich nur noch eine Frage zu stellen: Was sollen wir mit den Skeletten anfangen, die wir in der Grube gefunden haben?»

«Das weiß ich ebensowenig wie Sie selbst. Ich kann mir überhaupt kaum erklären, wie sie je an diesen Ort gekommen sind. Die einzige Möglichkeit weist auf ein scheußliches Verbrechen hin, an das zu glauben schwer ist. Wenn es wirklich Kidd war, der den Schatz vergraben hat – und ich zweifle keinen Augenblick, daß er es gewesen ist –, so muß er Helfershelfer bei der Arbeit gehabt haben. Nachdem sie vollbracht war, hielt er es vielleicht für angemessen, sich der Mitwisser dieses Geheimnisses zu entledigen. Vielleicht genügten ein paar Schläge mit einer Hacke auf die ahnungslos Arbeitenden, vielleicht waren auch ein Dutzend nötig – wer kann das wissen!»

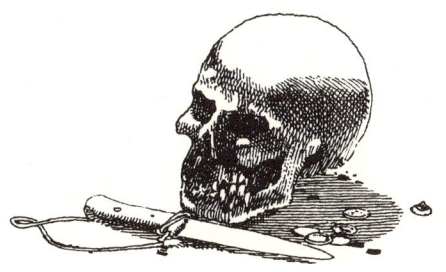

WASSERGRUBE UND PENDEL

Impia tortorum longas hic turba furores

Sanguinis innocui, non satiata, aluit.

Sospite nunc patria, fracto nunc funeris antro,

Mors ubi dira fuit vita salusque patent.

(Inschrift für das Tor, das zu dem Platz führt, auf dem sich das
Gebäude des Jakobiner-Klubs zu Paris befunden hat)

Die lange Todesangst hatte mich gebrochen, mein Leben bis ins Mark zerstört, und als man meine Fesseln löste und mich sitzen ließ, fühlte ich, daß meine Sinne schwanden. Das Urteil, das fürchterliche Todesurteil, war der letzte deutliche Laut, der mein Ohr erreichte, dann schienen die Stimmen meiner Untersuchungsrichter traumhaft in ein unbestimmtes Summen zusammenzuschmelzen, das sich in meiner Seele zu dem Gedanken an eine Umdrehung verdichtete – vielleicht, weil es in meiner Phantasie die Vorstellung eines Mühlrades hervorrief. Doch währte dies nur eine sehr kurze Zeit, denn plötzlich vernahm ich nichts mehr. Doch sah ich noch eine Zeitlang – aber in welch gräßlicher Verzerrung! – die Lippen der Richter in den schwarzen Talaren, und sie erschienen mir weiß; weißer als das Blatt, auf welches ich diese Worte schreibe, und dünn bis zur Fratzenhaftigkeit, dünn durch ihren grausamen Ausdruck von Härte, unwandelbarem Entschluß und starrer Verachtung menschlicher Qual! Ich sah, daß der Spruch, der mein Schicksal besiegelte, über ihre Lippen kam. Ich sah, wie sie sich bewegten, um mir den Tod zu verkünden. Ich sah, wie sie die Silben meines Namens bildeten, und schauderte, weil kein Ton auf die Bewegung folgte. Ich sah auch während einiger Augenblicke irren Entsetzens, daß sich die schwarzen Draperien, welche die Wände des Saales bekleideten, leise, fast unmerklich bewegten – und dann fiel mein Blick auf die sieben großen Kerzen auf dem Tisch. Erst schauten sie mich an wie Bilder der Menschenliebe, ich hielt sie für weiße, schlanke Engel, die mich retten wollten. Doch plötzlich goß sich ein grauenhafter Schwindel über meine Seele, und ich bemerkte, wie jede Fiber meines Leibes schauderte, als hätte ich den Draht einer galvanischen Batterie berührt; die Engelsgestalten wurden seelenlose Gespenster mit brennenden Köpfen, und ich fühlte, daß ich von ihnen keine Hilfe zu erwarten habe. Und dann glitt, wie ein weicher musikalischer Ton, der Gedanke in mein Herz, wie köstlich die Ruhe im Grabe sein müsse. Er kam leise, verstohlen, und ich glaube, es dauerte lange, bis er feste Gestalt annahm; doch in dem Augenblick, da mein Geist ihn klar empfand und ausdachte, verschwanden wie durch Zauberkraft die Gestalten der Richter vor meinen Augen, die hohen Kerzen versanken in ein Nichts, ihre Flammen erloschen, schwarze Dunkelheit kam herauf, alle Gefühle wurden von der Empfindung verschlungen, als stürze meine Seele in wahnsinnig rasendem Fall in den Hades hinab. Und dann war *alles* Nacht, Schweigen, Ruhe.

Ich war ohnmächtig geworden; doch will ich damit nicht sagen, daß ich das Bewußtsein vollständig verloren hatte. Was noch von ihm geblieben war, will ich nicht zu bestimmen, nicht einmal zu beschreiben wagen. Sicher ist eben nur, daß mein Bewußtsein nicht *ganz* schwand. Im tiefsten Schlafe – nein! im Delirium – nein! im Tode – nein! selbst im Grabe schwindet es nicht ganz! Sonst wäre der Mensch ja wohl nicht unsterblich!? Wenn wir aus tiefstem Schlaf erwachen, zerreißen wir das Nebelgespinst *irgendeines* Traumes.

Doch erinnern wir uns eine Sekunde später nicht mehr
– so zart ist oft das Gewebe –, daß wir geträumt haben.
Erwacht man aus einer Ohnmacht wieder zum Leben,
so geht man durch zwei Stadien. Im ersten gelangt man
wieder zum Bewußtsein seines moralischen oder geistigen, im zweiten zum Gefühl seines körperlichen Daseins
zurück. Es ist wahrscheinlich, daß wir, wenn wir ins
zweite Stadium zurückgekehrt sind und uns dann noch
der im ersten empfangenen Eindrücke entsinnen könnten, diese Eindrücke mit Erinnerungen aus dem Abgrund des Jenseits beladen finden würden. Und dieser
Abgrund – was birgt er in seinem Schoß? Wodurch un-
terscheiden sich *seine* Schatten von den Schatten des
Grabes? Doch wenn wir uns auch die Eindrücke des ersten Stadiums nicht *willkürlich* zurückrufen können: erscheinen sie nicht vielleicht nach langer Zeit von selbst,
unaufgefordert, so daß wir uns verwundert fragen, woher sie wohl kommen mögen? Wer niemals ohnmächtig
geworden ist, gehört nicht zu denen, die in einem glühenden Kohlenfeuer seltsame Paläste und sonderbar
vertraute Gesichter wiederfinden; die oft in den Luft-
gebieten trauervolle Visionen vorüberziehen sehen, die
von den viel zu vielen nie bemerkt werden; die sich über
den Duft einer unbekannten Blume in Grübeleien verlieren können; deren Gedanke sich plötzlich in dem
Geheimnis einer Melodie, die sie bis dahin unbeachtet
gelassen haben, verirren kann.
Bei meinen wiederholten Bemühungen, mich zu erin
nern, bei meinen harten Anstrengungen, irgendeine

Aufklärung über jenen Zustand scheinbaren Nichtseins, in den ich versunken war, zu erhalten, hatte ich oft
Momente, in denen ich auf Erfolg hoffte, hatte ich kurze,
sehr kurze Augenblicke, in denen ich eine Erinnerung
heraufbeschwor, die sich, wie mir mein klarer geworde-
ner Verstand in späteren Zeiten oft versicherte, nur auf
jenen Zustand scheinbaren Nichtseins beziehen konnte.
Diese Erinnerungsschatten redeten undeutlich von großen Gestalten, die mich aufhoben und nach unten trugen – schweigend nach unten, und immer tiefer –, bis
mich bei dem Gedanken an den bodenlosen Abgrund, in
den ich versank, ein scheußlicher Schwindel ergriff.
Sie redeten auch von einem unbestimmten Schauder,
der mein Herz durchzitterte, weil dies Herz so unnatürlich ruhig geworden war. Dann folgte ein Gefühl, als sei
alles, was mich umgab, in jähe Starre versunken; als
hätten die, welche mich trugen – ein Zug von Gespen-
stern! –, in ihrem Absturz die Grenze des Unbegrenzten
erreicht und hielten nun still und ruhten von der Ermü-
dung ihrer Arbeit aus. Darauf muß ich wohl ein Gefühl
von Schalheit und Feuchtigkeit empfunden haben; und
dann ist alles Wahnsinn – der Wahnsinn eines Willens,
der sich des Übermenschlichen, Verbotenen entsinnen
will.

Ganz plötzlich empfand meine Seele wieder Bewegung
und Klang – die stürmische Bewegung meines Herzens
und sein Widerklingen in meinem Ohr. Dann trat eine
Pause ein, in der alles wieder in schwarzes Nichts versank, doch spürte ich bald von neuem die Bewegung

und den Klang – und gleich darauf ein Zittern, das mein ganzes Wesen durchfuhr. Plötzlich kam mir auch ein bloßes Daseinsbewußtsein zurück, das, ohne von einer anderen Empfindung begleitet zu sein, eine Weile anhielt, bis sich nach langer Zeit und unvermittelt in mir ein Gedanke erhob, den ich mit schauderndem Entsetzen als einen Versuch erkannte, mir über meinen Zustand bewußt zu werden. Dann faßte mich plötzlich der heiße Wunsch, wieder in Bewußtlosigkeit zurückzuversinken. Doch nun schien meine Seele plötzlich ganz aufzuwachen, und ich machte eine erfolgreiche Anstrengung, mich zu bewegen. Und ich erinnerte mich deutlich an die Verhandlung, die Richter, die schwarzen Draperien, an das Urteil, an meine Ohnmacht. Und doch vergaß ich noch einmal wieder mich selbst, die Zeit und den Raum, vergaß alles, dessen ich mich in späteren Tagen mit unsäglicher Mühe wieder zu erinnern versuchte.

Bis jetzt hatte ich meine Augen noch nicht geöffnet. Ich fühlte nur, daß ich ohne Fesseln auf dem Rücken lag. Als ich meine Hand ausstreckte, fiel sie schwer auf irgend etwas Feuchtes, Hartes. Mehrere Minuten lang ließ ich sie liegen, während ich zu erraten suchte, wo und in welchem Zustand ich mich befände. Ich verlangte danach, um mich zu schauen, doch wagte ich es nicht, denn ich fürchtete den ersten Blick auf die Gegenstände, die mich umgeben könnten. Zwar graute mir im Grunde nicht davor, gräßliche Dinge zu erblicken, ich schauderte vielmehr vor Angst, vielleicht *gar nichts* zu sehen. Endlich riß ich in wilder Verzweiflung meine Augen auf und fand meinen grauenhaften Gedanken bestätigt. Die Finsternis der ewigen Nacht umschloß mich. Ich rang nach Atem, denn es schien mir, als ob die Undurchdringlichkeit der Dunkelheit mich wie eine schwere Last bedrücke und ersticken wolle. Ich blieb regungslos liegen und machte eine Anstrengung, meinen Verstand zu Rate zu ziehen. Ich erinnerte mich an Einzelheiten der Gerichtsverhandlung, an ihren ganzen Verlauf, und versuchte dann von diesem Punkte aus, meinen wahren Zustand zu erkennen. Ich wußte, daß das Urteil gesprochen worden war, und mir schien, als sei seit diesem Augenblick eine lange Zeit verstrichen. Doch hielt ich mich nicht eine Sekunde lang für tot. Eine solche Vorstellung ist, trotz allem, was darüber geschrieben sein mag, bei einem lebendigen Menschen einfach ausgeschlossen – doch wo und in welchem Zustand befand ich mich? Die zum Tode Verurteilten wurden, wie ich wußte, gewöhnlich während der Autodafés umgebracht, und ich hatte gehört, daß in der Nacht nach dem Urteilsspruch ein solches abgehalten werden sollte. Hatte man mich wieder in mein Gefängnis zurückgebracht, um mich für die nächste Opferung, die erst in ein paar Monaten stattfand, aufzusparen? Ich sah sofort ein, daß dies nicht sein könne. Man hatte ja Opfer *nötig* gehabt. Überdies war meine Zelle, wie in allen Gefängnissen zu Toledo, mit Steinen gepflastert und dem Licht nicht jeder Eintritt verwehrt gewesen. Plötzlich trieb mir ein gräßlicher Gedanke alles Blut zum Herzen und stieß mich für eine kurze Zeit wieder in Bewußtlosigkeit. Als ich wieder zu mir kam, sprang ich auf meine Füße; jede Fiber in mir bebte. Ich griff mit meinen Armen wild nach allen Richtungen hin. Nichts fühlte ich; doch zitterte ich, einen Schritt zu tun: aus Furcht, an die Wände eines *Grabes* zu stoßen. Schweiß drang mir aus jeder Pore und stand in dicken, kalten Tropfen auf meiner Stirn. Die Angst der Ungewißheit wurde zum Schluß unerträglich, und ich wagte mich vorsichtig vorwärts, streckte die Arme aus und starrte so angestrengt, daß meine Augen fast aus ihren Höhlen springen wollten, vor mich hin, in der Hoffnung, einen wenn auch noch so schwachen Lichtstrahl zu entdek-ken. Ich tat mehrere Schritte, doch blieb alles dunkel und leer. Ich atmete etwas freier. Es schien ja, als habe man mich doch nicht dem gräßlichsten aller Tode über-liefert.

Und während ich nun vorsichtig vorwärts schritt, er-wachten, überstürzten sich in meinem Geist tausend Erinnerungen an das, was ich von den Schrecken Tole-dos gehört hatte. Man erzählte schauerliche Dinge von den Gefängnissen – mir waren sie eigentlich immer wie Fabeln erschienen, Fabeln, die zu gräßlich waren, um wiederholt zu werden. Hatte man mich in dieser unter-irdischen Welt dem Hungertode preisgegeben? Oder welches vielleicht noch gräßlichere Schicksal erwartete mich? Daß der Tod – und zwar ein bitterer, grausamer Tod – das Ende sein werde, daran zweifelte ich, da ich ja meine Richter kannte, nicht einen Augenblick. Ich dachte nur darüber nach, in welcher Gestalt und wann er sich mir nahen werde.

Meine ausgestreckte Hand fand endlich festen Widerstand. Allem Anschein nach war es eine Steinmauer – die mir sehr glatt, feucht und kalt schien. Ich ging an ihr mit jenem angstvollen Mißtrauen, welches mir gewisse alte Geschichten eingeflößt hatten, vorsichtig entlang. Doch gelangte ich auf diese Weise zu keiner Vorstellung von der Größe meines Gefängnisses, denn die Mauer war an allen Stellen so vollkommen gleichmäßig, daß sie sehr wohl rund sein konnte und ich immer im Kreise herumging. Deshalb suchte ich nach dem Messer, das sich in meiner Tasche befunden hatte, als man mich in das Inquisitionszimmer führte. Es war verschwunden, und ich bemerkte, daß man meine Kleider gegen ein grobes Leinengewand vertauscht hatte. Ich wollte die Messerklinge in eine kleine Ritze der Wand stoßen, um den Punkt, von dem ich ausging, zu bezeichnen. Doch gelang mir dies auch ohne Messer, obgleich ich es anfangs in meiner Gedankenzerrüttung selbst nicht zu hoffen gewagt hatte: ich riß nämlich ein Stück aus meinem Gewand und legte es auf den Boden, in rechtem Winkel zu der Mauer, nieder. War mein Gefängnis wirklich rund, so mußte ich, nachdem ich mich im Kreise herumgetastet hätte, wieder auf den Kleiderfetzen stoßen. So wenigstens hatte ich kalkuliert, doch bei meiner Berechnung die Größe des Gefängnisses und meine vollständige Körperschwäche ganz außer acht gelassen. Der Boden war feucht und glatt, ich wankte ein paar

Schritte vorwärts, stolperte und fiel hin. Meine Erschöpfung zwang mich, liegen zu bleiben, und bald überwältigte mich der Schlaf.

Als ich erwachte und einen Arm ausstreckte, fand ich an meiner Seite ein Brot und einen Krug mit Wasser. Ich war zu erschöpft, um mir diese Tatsache irgendwie erklären zu können, sondern aß und trank mit Heißhunger. Bald darauf nahm ich meinen Rundgang um das Gefängnis wieder auf und stieß nach beschwerlichem Vorwärtstasten wieder auf den Kleiderfetzen. Bis zu dem Augenblick, in dem ich niederfiel, hatte ich schon zweiundfünfzig Schritte gezählt, und nun hatte ich von neuem achtundvierzig Schritte gemacht, ehe ich an mein Merkzeichen zurückgelangte. Im ganzen waren es also hundert Schritte, und nahm ich an, daß zwei Schritte eine Elle ausmachten, so mußte mein Gefängnis fünfzig Ellen im Umfang haben. Doch hatte ich eine Menge Winkel in der Mauer gefunden, so daß ich mir keine rechte Vorstellung von der wirklichen Gestalt der Grube machen konnte; irgend etwas, das ich mir nicht näher erklären konnte, bestimmte mich nämlich, anzunehmen, daß ich mich in einer Grube befinde.

Die Nachforschungen interessierten mich im übrigen nicht sehr – jedenfalls stellte ich sie nicht an, weil ich irgendwelche Hoffnung schöpfte; eigentlich war es nur eine unbestimmte Neugierde, die mich zwang, dieselben fortzusetzen. Ich wandte mich von der Mauer weg und beschloß, den Raum quer zu durchschreiten. Anfangs tastete ich mich nur mit außerordentlicher Vorsicht weiter, denn der Boden war, obgleich hart und festgefügt, gefährlich glitschig. Dann nahm ich jedoch all meinen Mut zusammen, um fest auszuschreiten, und bemühte mich zugleich, den Raum in möglichst gerader Linie zu durchkreuzen. Ich mochte vielleicht zehn oder zwölf Schritte gemacht haben, als sich meine Füße in den Kleiderfetzen verwickelten. Ich stolperte und fiel heftig aufs Gesicht.

In dem ersten Schrecken über meinen Fall entging mir anfangs ein überraschender Umstand, der jedoch schon nach ein paar Sekunden meine ganze Aufmerksamkeit auf sich zog. Sonderbarerweise ruhte nämlich mein Kinn auf dem Boden des Gefängnisses, aber meine Lippen und der obere Teil meines Kopfes berührten, obwohl sie tiefer lagen als das Kinn, anscheinend nichts. Zu gleicher Zeit fühlte ich meine Stirn wie in einem klebrigen Dampf gebadet, und der nicht zu verkennende Geruch verwester Schwämme drang in meine Nase. Ich streckte meinen Arm aus und fand mit Schaudern, daß ich gerade auf den Rand eines runden Brunnens gefallen sei, dessen Ausdehnung ich in diesem Augenblick natürlich noch nicht ermessen konnte. Ich tastete mit der Hand an dem Mauerwerk gerade unterhalb des Randes entlang, bröckelte einen kleinen Stein los und ließ ihn in den Abgrund fallen. Während mehrerer Sekunden vernahm ich sein wiederholtes Aufschlagen an den Seiten oder Vorsprüngen des Abgrundes, dann sein dumpfes Einschlagen in das Wasser, dem ein lautes, vielfaches Echo folgte. Zugleich vernahm ich einen Laut wie von dem raschen Öffnen und wieder Schließen einer Tür über mir, während ein schwacher Lichtstrahl plötzlich die Dunkelheit durchzuckte und ebenso rasch wieder verschwand.

Nun erkannte ich klar, welches Schicksal man mir zugedacht hatte, und konnte mich zu meinem Fall, der mich vor demselben bewahrte, begluckwunschen. Noch einen Schritt weiter, und die Welt hätte mich nie mehr gesehen. Die Todesart, der ich eben entgangen war, war so gräßlich, daß sie alle jene Gerüchte über die Scheußlichkeiten der Inquisition, die ich für grausige Fabeln gehalten hatte, an Gräßlichkeit übertraf. Die Opfer hatten gewöhnlich die Wahl zwischen einem Tod unter den schauerlichsten körperlichen oder unerhörtesten geistigen Qualen. Mir hatte man die letzteren zugedacht. Das lange und unsägliche Leiden hatte meine Nerven schon so zerrüttet, daß ich bei dem Klang meiner eigenen Stimme zu zittern begann und ein ausgezeichnetes Objekt für die Art Qualen geworden war, die man mir zugedacht hatte.

An allen Gliedern bebend, tastete ich mich zu der Mauer zurück, entschlossen, lieber dort zu sterben, als mich der Gefahr auszusetzen, in einen der gräßlichen Brunnen zu geraten, die mir meine Phantasie an den verschiedensten Stellen des Gefängnisses vorspiegelte.

Wäre ich in einem anderen Gemütszustand gewesen, so hätte ich den Mut gehabt, meiner Qual durch einen Sprung in einen dieser Abgründe mit einemmal ein

Ende zu machen. Doch hatten mich alle die seelischen Leiden, die vorhergegangen waren, zum Feigling gemacht, und außerdem fiel mir wieder ein, was ich von diesen Brunnen gelesen hatte: daß ihre gräßliche Bauart einen *schnellen* Tod einfach ausschloß.

Meine Aufregung hielt mich lange Stunden wach; endlich schlummerte ich wieder ein. Als ich aus dem Schlaf auffuhr, fand ich, wie das vorige Mal, ein Brot und einen Krug Wasser an meiner Seite. Ein brennender Durst quälte mich, und ich leerte das Gefäß auf einen Zug. Man mußte dem Wasser irgendein Schlafmittel beigemischt haben, denn kaum hatte ich getrunken, so schlossen sich meine Lider von neuem.

Ich schlief wie tot. Als ich meine Augen wieder öffnete, konnte ich die Gegenstände um mich her erkennen. Ein seltsames schwefelgelbes Licht, dessen Ursprung ich zunächst nicht ausfindig machen konnte, ließ mich die Ausdehnung und Bauart meines Gefängnisses überschauen. Ich hatte mich über seine Größe durchaus getäuscht. Der ganze Umfang der Mauern betrug höchstens fünfundzwanzig Ellen. Diese Tatsache leitete mich für einige Minuten in eine ganze Welt müßiger Verwunderungen, die ich mir kaum zu erklären vermochte; denn was konnte mich unter den furchtbaren Umständen, in denen ich mich befand, die Größe meines Gefängnisses kümmern? Doch ergriff mich ein sonderbares Interesse für die unbedeutendsten Kleinigkeiten meiner Umgebung, und ich bemühte mich, die Ursache meines Irrtums herauszufinden. Nach langem

Nachdenken kam ich denn auch dahinter: Bei meinem ersten Versuch, das Gefängnis zu umschreiten, hatte ich bis zu dem Augenblick, in dem ich hinfiel, zweiundfünfzig Schritte gezählt und mußte dem Kleiderfetzen bis auf ein oder zwei Schritte nahe gekommen sein. Darauf war ich eingeschlafen und hatte mich beim Erwachen herumgedreht und denselben Weg noch einmal gemacht, ohne in meiner Verwirrung zu bemerken, daß ich beim ersten Mal die Mauer zur linken und beim zweiten Mal zur rechten Hand hatte.

Auch bezüglich der Form des Gefängnisses hatte ich mich getäuscht. Als ich mich an den Mauern herumtastete, hatte ich eine Menge Winkel gefunden und mir den Raum deshalb äußerst unregelmäßig gedacht. Die Winkel stellten sich jetzt einfach als unregelmäßig verteilte Einbuchtungen heraus. Im allgemeinen war das Gefängnis viereckig. Was ich für Mauerwerk gehalten hatte, schien Eisen zu sein oder irgendein anderes Metall, das in großen Platten die Wand bekleidete. Die ganze Oberfläche dieser erzenen Wände war mit rohen Abbildungen all jener abschreckenden scheußlichen Szenen besudelt, die dem grobsinnlichen Aberglauben der Mönche ihre Entstehung verdankten. Teufelsfratzen mit drohenden Mienen, Skelette und andere noch gräßlichere Bilder überzogen die Wände. Ich bemerkte, daß die Konturen dieser Ungeheuerlichkeiten ziemlich deutlich hervortraten, während die Farben verlöscht und verblaßt zu sein schienen, wie es unter dem Einfluß einer feuchten Atmosphäre zu geschehen pflegt. Dann betrachtete ich den Fußboden: er war von Stein, und in seiner Mitte gähnte der ungeheure Schlund, dem ich entronnen war; doch war er der einzige, der sich im Kerker befand.

Ich erblickte alles dies nur undeutlich und mit vieler Mühe – denn während meines Schlafes war mit meiner Lage eine große Veränderung vor sich gegangen. Man hatte mich jetzt der Länge nach auf eine Art von niedrigem Holzrahmen mit Lattenwerk auf den Rücken hingestreckt. Mit einem langen, einem Sattelgurt ähnlichen Riemen hatte man mich dann dort festgebunden. Diese Fessel umwand meinen Körper und meine Glieder vielfach, so daß nur mein Kopf und mein linker Arm frei blieben, der letztere jedoch nur so weit, daß ich mit vieler Mühe bis zu einer irdenen Schüssel reichen konnte, die, mit Nahrung gefüllt, mir zur Seite auf dem Boden stand. Mit Entsetzen bemerkte ich, daß man den Wasserkrug fortgenommen hatte. Ich sage mit Entsetzen, denn ich wurde von einem unerträglichen Durst gequält. Diesen Durst zu erzeugen schien in der Absicht meiner Quäler zu liegen, denn die in der Schüssel befindliche Nahrung bestand aus einer starkgewürzten Fleischspeise.

Ich begann jetzt, die Decke meines Gefängnisses zu betrachten. Sie mochte wohl dreißig oder vierzig Fuß hoch sein und war von ähnlicher Bauart wie die Seitenwände. Auf einem der Felder erblickte ich eine sonderbare Figur, die meine ganze Aufmerksamkeit auf sich zog. Es war das gemalte Symbol der Zeit, wie man sie gewöhnlich darstellt, nur hielt sie statt der Sichel ein Ding in der Hand, das ich auf den ersten Blick für die Abbildung eines großen Pendels hielt, wie man ihn noch an altmodischen Uhren sieht. Doch fiel mir irgend etwas an diesem Instrument auf, das mich veranlaßte, aufmerksam hinzuschauen.

Während ich nun gerade hinaufstarrte – das Pendel war genau über mir angebracht –, schien es mir plötzlich, als bewege es sich. Einen Augenblick später fand ich meine Vermutung bestätigt. Seine Schwingungen waren kurz und langsam. Ich beobachtete sie einige Minuten lang mit großem Schrecken, aber noch größerem Erstaunen. Als mich dies endlich ermüdete, richtete ich meine Blicke auf andere in der Zelle befindliche Gegenstände.

Bald darauf vernahm ich ein sonderbares, raschelndes Geräusch und sah mehrere Ratten von ungewöhnlicher Größe über den Boden hinlaufen. Sie waren aus dem Brunnen gekommen, den ich von meinem Platz aus überschauen konnte. Selbst während ich hinsah, kamen sie scharenweise herauf und eilten, von dem Geruch des Fleisches angelockt, mit gierigen Augen herbei. Nur mit vieler Mühe und Aufmerksamkeit konnte ich sie von der Schüssel verscheuchen.

Es mochte wohl eine halbe, vielleicht aber auch eine ganze Stunde vergangen sein – ich konnte mir ja nur eine sehr unvollkommene Vorstellung von der Zeit machen –, ehe ich meine Blicke wieder empor zur Decke richtete. Was ich da erblickte, versetzte mich in Verwunderung und Bestürzung. Die Schwingung des Pendels hatte sich fast um eine Elle vergrößert und an Geschwindigkeit ebenfalls zugenommen; was mich jedoch hauptsächlich beunruhigte, war die Tatsache, daß sich das Pendel selbst merklich tiefer gesenkt hatte. Ich bemerkte jetzt auch – es ist überflüssig, zu sagen, mit welchem Grausen –, daß sein unteres Ende aus einem Halbmond von blitzendem Stahl bestand, der von einem Horn zum anderen etwa einen Fuß maß. Die Spitzen der Hörner waren nach aufwärts gekehrt, und die untere Kante hatte augenscheinlich die Schärfe eines Rasiermessers. Auch schien das Pendel so massiv und schwer wie ein solches, da es, von der haarscharfen Schneide an allmählich dicker werdend, oben in einen breiten Rücken auslief. Es hing an einem dicken Stabe von Messing, und das Ganze zischte ordentlich, wenn es die Luft durchschnitt.

Nun konnte ich nicht länger im Zweifel darüber sein, welches Schicksal mir die erfinderische Grausamkeit der Mönche zugedacht hatte. Es war den Dienern der Inquisition nicht entgangen, daß ich die Grube entdeckt hatte: jene Grube, deren Schrecken einem so verstockten Ketzer, wie ich es in ihren Augen war, bestimmt war – die Grube, dies Bild der Hölle, die, wie das Gerücht ging, das Grauenhafteste an Foltern barg, was die teuflische Grausamkeit der Mönche nur ausgeklügelt hatte. Durch einen bloßen Zufall war ich vor dem Sturz in diesen Abgrund bewahrt geblieben, und ich wußte, daß fürchterliche Überraschungen einen wichtigen Bestandteil der Ungeheuerlichkeiten des Foltertodes bildeten. Da ich selbst dem Sturz entgangen war, würde man mich nicht durch fremde Hand in den Abgrund schleudern; die Grube war so ein für allemal aus dem Marterplan ausgeschaltet. Es erwartete mich also eine andere, mildere Art der Vernichtung. Milder! Fast mußte ich in meiner Todesangst auflachen, einen solchen Gedanken unter solchen Umständen gedacht zu haben.

Doch was würde es nützen, von jenen langen, langen Schreckensstunden reden zu wollen, in denen ich die sausenden Schwingungen des scharf geschliffenen Stahles zählte! Zoll um Zoll, Linie um Linie, mit kaum erkennbaren, nur nach längeren Zeiträumen, die mir wie Jahrhunderte erschienen, merklichen Senkungen schwebte das entsetzliche Instrument auf mich herab! Tage vergingen – viele Tage mochten vergangen sein, bis es so dicht über mir hin und her sauste, daß mich die raschen Schwingungen wie ein glühender Atem anfächelten! Schon drang der Geruch des scharfen Stahles in meine Nase. Ich betete – ich schrie zum Himmel empor, daß er die Bewegungen des Pendels beschleunige. Ich wurde wie rasend, wie tollwütig und bäumte mich aufwärts, um mich dem gräßlichen Vernichter schneller anheimzugeben. Dann wurde ich plötzlich sehr ruhig, sank zurück und blickte den glitzernden Tod lächelnd an, wie ein Kind ein seltsames Spielzeug.

Es trat ein Zustand völliger Bewußtlosigkeit ein, der aber nicht lange gedauert haben konnte, denn als ich wieder zu mir kam, war keine wesentliche Senkung des Pendels zu bemerken. Doch bewies dies eigentlich nichts, denn ich mußte mir sagen, daß mich von oben herab meine teuflischen Quäler bewachten und während meiner Ohnmacht die Schwingungen nach Belieben aufgehalten haben konnten. Außerdem fühlte ich mich, als ich wieder zu mir kam, sehr elend – ach: unsagbar elend und matt, als hätte ich schon seit langer Zeit keine Nahrung mehr zu mir genommen. Selbst inmitten all dieser Todesqualen forderte die Natur gebieterisch ihr Recht. Mit schmerzhafter Anstrengung streckte ich meinen linken Arm aus, so weit es meine Fesseln erlaubten, und bemächtigte mich der geringen Speisenreste, welche die Ratten übriggelassen hatten. Als ich ein Stückchen Fleisch zwischen meine Lippen schob, tauchte in meinem Geist etwas wie ein unbestimmter Gedanke der Freude und Hoffnung auf. Und doch, was hatte *ich* mit Hoffnung zu tun? Es war, wie ich sagte, nur das unbestimmte Dämmern eines Gedankens, wie es im Menschen so manchmal entsteht und spurlos wieder zerrinnt. Ich fühlte, daß es Freude und Hoffnung bedeutete – aber ich fühlte auch, daß diese Regungen im Entstehen schon wieder in nichts zerflossen. Vergebens bemühte ich mich, sie zu einem bestimmten Gedanken zu verdichten, sie festzuhalten. Die lange Qual hatte meine geistigen Fähigkeiten fast vernichtet. Ich war beinahe zum Blödsinnigen, zum Idioten geworden.

Die Schwingungen des Pendels standen im rechten

Winkel zu meiner Körperlänge. Ich sah, daß der Halbmond genau mein Herz durchschneiden müsse. Zuerst
würde er den Stoff meines Gewandes schlitzen, bei der
Rückschwingung den Einschnitt wiederholen – und
dann wieder und wieder. – Trotz der entsetzlich weiten
Schwingung, die jetzt wohl schon dreißig Fuß betrug,
und trotz der sausenden Kraft, mit der das Pendel niederfuhr und die wohl genügt hätte, die eisernen Wände
zu spalten, würde sich während einiger Minuten die
ganze Wirkung darauf beschränken, mir die Kleider zu
zerreißen. Bei diesem Gedanken verweilte ich lange, da
ich nicht wagte, weiter darüber hinauszugehen. Ich verharrte bei ihm mit starrer Aufmerksamkeit, als könne
ich dadurch den Stahl aufhalten. Ich zwang mich, über
das Sausen des Halbmondes, wenn er meine Kleider
durchschneiden würde, nachzugrübeln – an das eigen-
tümliche Erschaudern zu denken, das meine Nerven bei
dem Zerreißen des Gewandes überlaufen würde. Über
all diese Nebensächlichkeiten grübelte ich nach, bis
meine Zähne wie im Frost aufeinanderschlugen.
Tiefer, immer tiefer sank das Pendel. Ich fand ein irres
Vergnügen daran, die Schnelligkeit der Schwingungen
nach oben und nach unten miteinander zu vergleichen.
Nach rechts, nach links – auf und ab sauste es, stöh-
nend, heulend wie ein Verdammter in der Hölle. Auf
mein Herz ging es los, mit sicherem, beständigem
Schleichtritt wie ein Tiger. Und ich lachte und heulte
abwechselnd dazu, je nachdem die eine oder die andere
Vorstellung in mir die Oberhand gewann.

Tiefer – immer tiefer, ohne Erbarmen! Nur noch drei Zoll über meinem Herzen sauste das Pendel dahin. Ich machte wilde, wütende Anstrengungen, meinen linken Arm, der bis zum Ellbogen gefesselt war, ganz zu befreien. Wäre es mir gelungen, so hätte ich das Pendel ergriffen und zum Stillstand zu bringen versucht. Doch hätte ich wohl ebensogut wagen können, den Sturz einer Lawine aufzuhalten.

Tiefer sauste es – unaufhörlich, unerbittlich tiefer! Ich rang nach Atem und bot alle Kräfte auf, um mich zu befreien. Bei jeder neuen Schwingung zuckte ich wie von einem Krampf geschüttelt zusammen; meine Blicke folgten dem sausenden Stahl nach oben und nach unten mit dem gierigen Eifer der sinnlosesten Verzweiflung. Wenn er niederfuhr, schlossen sich meine Augen vor ihrer Angst, und doch wäre mir der Tod eine Erlösung, eine unaussprechlich heiß ersehnte Erlösung gewesen! Und andererseits schauderte ich bis in meine innersten Fibern bei der Vorstellung, wie wenig sich der fürchterliche Stahl nur noch zu senken brauchte, um meine Brust zu durchschneiden. Was mich so erschauern und meine Nerven erzittern ließ, das war *Hoffnung* –: ja, Hoffnung, die noch in den Kerkern der Inquisition die dem Tode Geweihten umflüstert. Ich sah, daß nach etwa zehn oder zwölf Schwingungen der Stahl in Berührung mit meinen Kleidern kommen müsse; und mit dieser Überzeugung überkam meinen Geist plötzlich die kalte Ruhe der Verzweiflung. Zum ersten Male seit vielen Stunden, ja seit vielen Tagen dachte ich wieder. Es fiel mir plötzlich auf, daß die Gurte, die mich fesselten, aus *einem* Stück bestanden. Ich war an keiner Stelle mit einem einzelnen Riemen festgebunden. Der erste Schnitt des haarscharfen Halbmondes durch irgendeinen Teil meiner Fesseln mußte dieselben so weit lösen, daß es mir gelingen konnte, mich mit meiner freien linken Hand ganz aus ihnen herauszuwickeln. Doch wie fürchterlich war selbst in diesem Falle die nahe Berührung des Stahles! Die geringste Zuckung konnte ja tödlich werden! Überdies war es leicht möglich, daß meine Quäler eine solche Möglichkeit vorausgesehen und ihr vorgebeugt hatten. Wie unwahrscheinlich war es, daß die quer über meine Brust laufende Fessel so angebracht war, daß das Pendel sie treffen würde! Voller Furcht, meine letzte schwache Hoffnung vernichtet zu sehen, reckte ich meinen Kopf, so weit es ging, in die Höhe, um einen Überblick über meine Brust zu erhalten. Meine Glieder und mein Körper waren nach allen Richtungen hin von den Gurten fest umwunden – ausgenommen da, wo der tödliche Halbmond vorüberstreifen mußte!

Kaum war ich in meine frühere Lage zurückgesunken, als in meiner Seele etwas aufblitzte, das ich nicht besser beschreiben kann, als wenn ich es die zweite Hälfte jenes unbestimmten Gedankens an Befreiung nenne, den ich schon vorhin erwähnte, der mir vage und undeutlich vorschwebte, als ich die Speise an meine brennenden Lippen führte. Jetzt stand er vor mir – noch schwach, von der Vernunft kaum gebilligt, doch vollständig und erkennbar. Mit der schaudernden Energie der Verzweiflung machte ich mich sogleich an seine Ausführung.

Seit mehreren Stunden wimmelte es dicht um den hölzernen Rahmen herum, auf dem ich lag, von Ratten. Sie schwärmten mit dreister, gieriger Zudringlichkeit heran und starrten mich mit ihren rötlich glühenden Augen an, als warteten sie nur darauf, mich, sobald ich regungslos daliegen würde, zu verzehren. ‹Welcher Art›, dachte ich mit Grausen, ‹mag wohl ihre Nahrung im Brunnen gewesen sein?›

Sie hatten, trotz all meiner Versuche, sie zu verscheuchen, den Inhalt der Schüssel bis auf einen kleinen Rest verzehrt. Unaufhörlich hatte ich die Hand über dem Speiserest hin und her bewegt, doch zum Schluß war die Bewegung durch ihre fortwährende Gleichmäßigkeit wirkungslos geworden. Das scharfe Gebiß dieser gefräßigen Tiere hatte oft meine Finger berührt. Mit den kleinen Stückchen der fetten, stark gewürzten Speise, die noch vorhanden waren, rieb ich nun meine Fesseln, so weit ich nur reichen konnte, gründlich ein. Dann zog ich meine Hand zurück und blieb regungslos, mit zurückgehaltenem Atem, liegen.

Anfangs schienen die raubgierigen Tiere durch die Veränderung erschreckt, schienen der plötzlichen Bewegungslosigkeit zu mißtrauen. Sie eilten zum Brunnen zurück, und ich fürchtete schon, sie würden sich nicht mehr heranwagen. Doch dauerte ihre Angst nur einen Augenblick lang. Ich hatte nicht umsonst auf ihre Gefräßigkeit gerechnet. Als sie bemerkten, daß ich re-

gungslos liegen blieb, sprangen ein oder zwei der zudringlichsten auf den Holzrahmen und schnüffelten an den Fesseln herum. Dies schien das Zeichen zu einem allgemeinen Sturm zu sein. In immer neuen Scharen schwärmten sie vom Brunnen heran. Sie klammerten sich an das Holz, stürzten auf den Rahmen und trieben sich zu Hunderten auf meinem Körper herum. Die regelmäßige Schwingung des Pendels beunruhigte sie nicht im mindesten. Sie wichen ihm aus und beschäftigten sich angelegentlichst mit den fettigen Gurten. Immer größere Schwärme wimmelten heran. Sie krochen über meine Kehle, ihre kalten Schnauzen berührten oft meine Lippen; ich war dem Ersticken nahe; ein Ekel, der sich nicht in Worte fassen läßt, krampfte mir den Magen zusammen und erfüllte mich mit eisiger Übelkeit. Doch hielt ich standhaft aus, da ich fühlte, daß der Kampf nicht mehr lange dauern könne. Deutlich spürte ich schon, wie meine Fesseln sich lockerten, sie mußten schon an mehr als einer Stelle zernagt sein. Mit übermenschlicher Willenskraft hielt ich still.

Ich hatte mich in meinen Berechnungen nicht geirrt, und meine Standhaftigkeit schien belohnt zu werden. Ich fühlte, daß ich frei war! Der Gurt hing in Fetzen um meinen Körper herum. Doch schon berührte das Pendel meine Brust. Der Stoff meines Gewandes war schon geschlitzt, selbst das Hemd darunter war schon durchschnitten worden. Noch zweimal schwang das Pendel, und durch jede Fiber meines Leibes zuckte ein schauerlich durchdringendes Schmerzgefühl. Doch der Augenblick der Rettung war gekommen. Auf eine feste Bewegung meiner Hand stürzten meine Befreier erschreckt von dannen. Vorsichtig, langsam, zusammengekrümmt machte ich eine seitliche Schwenkung und glitt aus meinen Fesseln und dem Bereich des fürchterlichen Stahls auf die Erde nieder. Für den Augenblick wenigstens war ich frei.

Frei! In den Klauen der Inquisition sein und von Freiheit reden! Kaum war ich von meinem hölzernen Schreckenslager auf den Steinboden meines Gefängnisses herabgeglitten, als die Bewegung der höllischen Maschinerie aufhörte. Ich sah, wie sie von einer unsichtbaren Kraft zur Decke emporgezogen wurde, und neue Verzweiflung zerriß mir das Herz. Man überwachte also jede meiner Bewegungen! Frei! – Ich war nur *einer* Art von Todesqual entgangen, um einer schlimmeren überliefert zu werden. Bei diesem Gedanken schweiften meine entsetzten Blicke unwillkürlich an den eisernen Mauern, die mich umschlossen, entlang. Irgendeine Veränderung, über die ich mir im ersten Augenblick noch nicht recht klar wurde, hatte stattgefunden, irgend etwas Ungewöhnliches war im Raum vor sich gegangen. Mehrere Minuten lang quälte ich mich, in einer grauenerfüllten, traumhaften Versunkenheit befangen, mit unmöglichen, irren Vermutungen ab. Dann bemerkte ich zum erstenmal den Ursprung des schwefeligen Lichtes, das meinen Kerker erfüllte. Es drang aus einem vielleicht einen halben Zoll breiten Spalt hervor, der am Fuß der Wände den ganzen Kerker entlanglief, so daß sie vollständig vom Fußboden getrennt waren. Ich bemühte mich, durch die Rinne hinunterzuspähen, jedoch vergeblich.

Als ich mich nach diesem Versuch wieder erhob, wurde mir plötzlich klar, worin die geheimnisvolle Veränderung meiner Zelle bestand. Ich sagte schon, daß die Umrisse der an den Wänden befindlichen Abbildungen deutlich hervortraten, die Farben hingegen matt und verblaßt erschienen. Diese Farben begannen jetzt von Augenblick zu Augenblick schreckhafter aufzuleuchten und verliehen den gespensterhaften, teuflischen Fratzen einen Anblick, der stärkere Nerven als meine zerquälten mit unerträglichem Grausen erfüllt haben würde. Dämonische Augen mit wilden, geisterhaften Blicken starrten mich plötzlich aus dunklen Ecken an und glühten mit so düsterem Feuerglanz zu mir her, daß ich mich nicht zwingen konnte, sie nur für eine Vorspiegelung meiner gemarterten Phantasie zu halten.

Vorspiegelung! – Schon drang beim Atemholen der Dunst von glühendem Eisen in meine Nase. Ein erstikkender Qualm begann den Kerker zu erfüllen. Mit jeder Sekunde erglühten die Augen, die auf meine Todesqualen niedergrinsten, in wüsterem Feuerschein. Die gemalten blutigen Schauerszenen färbten sich blutiger. Schüttelnd riß ein Grausen an mir! Ich keuchte! Ich erkannte die Absicht meiner Quäler – dieser entmenschten Teufel! Ich floh vor dem glühenden Eisen in die Mitte der Zelle. In dem unsagbaren Grauen vor der feurigen Vernichtung, die mich erwartete, kam mir

plötzlich wie lindernder Balsam der Gedanke an die
Kühle des Brunnens. Ich beugte mich über seinen gefährlichen Rand und spähte scharf hinunter. Ein feuri-
ger Schein fiel von der glühenden Decke und beleuch-
tete seine verborgensten Winkel. Doch sträubte sich
mein Geist einen gräßlichen Augenblick lang, das, was
ich da sah, für möglich zu halten. Endlich drängte sich
die Wahrheit meiner Seele mit unwiderstehlicher Gewalt auf – brannte sich mit unerhörten Zügen in meine
schaudernde Vorstellung. Wer könnte aussprechen,
was ich sah? Jedes andere Schrecknis – nur nicht dies!
Mit einem Schrei stürzte ich von dem Brunnenrand fort,
verbarg mein Gesicht in meinen Händen – und weinte
bitterlich!
Die Hitze nahm rasch zu, und wie irrsinnig starrte ich
noch einmal zur Decke empor. Eine zweite Veränderung hatte sich vollzogen, und zwar diesmal in der Form
des Kerkers. Wie früher bemühte ich mich, zuerst vergeblich, ihren Zweck zu erkennen. Doch blieb ich nicht
lange im Zweifel. Mein zweimaliges Entkommen hatte
die Wut der Inquisitoren zum Äußersten getrieben, und
sie zögerten nicht, all ihren Grausamkeiten noch die
letzte, fürchterlichste folgen zu lassen.
Der Kerker war ursprünglich rechtwinkelig gewesen,
jetzt sah ich, daß zwei seiner eisernen Ecken spitzwin-
kelig, die beiden anderen also stumpfwinkelig geworden waren. Mit leisem Knarren ging die furchtbare
Verschiebung vor sich. Einen Augenblick später hatte
der Raum die Gestalt eines verschobenen Quadrats.

Doch hielt die Bewegung hier nicht an – ich hatte es auch weder gehofft noch gewünscht. Ich hätte ja die glühenden Wände wie ein Totenhemd, das mir die ewige Ruhe versprach, an meine Brust drücken mögen! «Tod!» rief ich sehnsüchtig aus; denn willkommen war mir jeder Tod – nur nicht der Tod in der Grube! Ich Narr! Begriff ich denn immer noch nicht, daß das glühende Eisen keinen anderen Zweck hatte, als mich in den Brunnen hineinzutreiben? Konnte ich die Glut ertragen? Und wäre dies auch möglich: mußte ich nicht der pressenden Gewalt der wandelnden Wände weichen? – Enger und enger und so schnell, daß mir keine Zeit zum Grübeln blieb, schob sich das Viereck zusammen. Schon stand sein Mittelpunkt, der breiteste Raum zwischen den Eisenwänden, gerade über dem gähnenden Abgrund des Brunnens. Ich schauderte zurück – die Wände drängten mich wieder vor. Endlich war für meinen zuckenden, wunden Körper nur noch ein Zoll Raum auf dem Boden geblieben. Ich kämpfte nicht länger; die Todesangst meiner Seele schrie in einem einzigen lauten Schrei der Verzweiflung zum Himmel auf. Ich fühlte, daß ich auf dem Rande schwankte

– ich wandte die Augen ab

– ich hörte ein verworrenes Geräusch menschlicher Stimmen! Dann ein polterndes Rollen wie von tausend Donnern! Und jetzt ein lautes Signal wie von vielen Trompeten, die durcheinander schmetterten. Es krachte – dröhnte! Die feurigen Wände fuhren zurück!

Ein ausgestreckter Arm ergriff den meinen, im Augenblick, da ich schon besinnungslos über dem Abgrunde wankte. Es war General Lasalle. Die französische Armee war in Toledo eingezogen. Die Inquisition befand sich in den Händen ihrer Feinde.

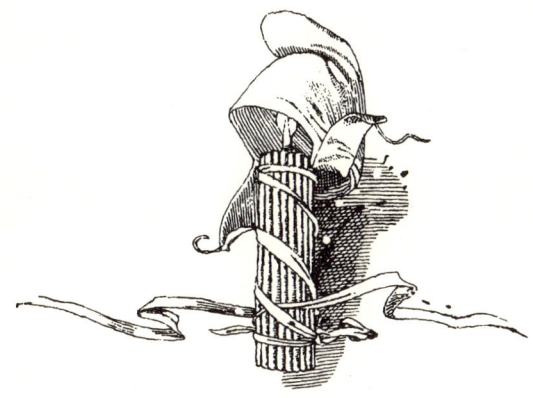

Ich habe nie jemanden gekannt, der ein größeres Vergnügen an Scherzen gehabt hätte als der König. Er schien zum Scherzen geboren zu sein. Eine recht spaßhafte Geschichte zu erzählen, sie *gut* zu erzählen, war der sicherste Weg zu seiner Gunst. So war es denn erklärlich, daß seine sieben Minister wegen ihrer Talente als Spaßmacher berühmt waren. Sie ahmten in allem den König nach und waren, wie er, nicht nur unübertreffliche Spaßmacher, sondern auch ebenso wohlbeleibt und fett. Ob nun die Leute vom Spaßmachen dick werden oder ob umgekehrt die Wohlbeleibtheit eine Neigung zum Scherzen mit sich bringt, ist mir noch nie klargeworden. Jedenfalls ist ein magerer Spaßmacher eine rara avis in terris.

Um feine Anspielungen oder, wie er sich ausdrückte, um die ‹Geister› eines Witzes kümmerte sich der König herzlich wenig. Er hatte eine besondere Vorliebe für derbe Späße. Spintisierereien ermüdeten ihn. Er würde Rabelais' ‹Gargantua› vor Voltaires ‹Zadig› den Vorzug gegeben haben: und spaßhafte Taten waren mehr nach seinem Geschmack als witzige Reden.

In der Zeit, da meine Erzählung spielt, war es noch Mode, an Höfen professionelle Spaßmacher zu halten. Mehrere der großen Höfe des Kontinents hielten sich noch ihren Hofnarren, der in buntscheckigen Kleidern mit Narrenkappe und Schellen umherlief und für die Brosamen, die von des Königs Tafel für ihn abfielen, jeden Augenblick ein passendes, scharfes Witzwort bereit haben mußte.

Es versteht sich von selbst, daß auch unser König sich einen ‹Narren› hielt. Es war ihm sozusagen ein Bedürfnis, stets irgend etwas aus dem Reich der Narrheit in seiner Nähe zu haben, sei es auch nur als Gegengewicht gegen die schwerfällige Weisheit der sieben Männer, die seine Minister waren – von ihm selbst gar nicht zu reden.

Sein Narr oder berufsmäßiger Spaßmacher war jedoch nicht nur ein Narr. Sein Wert wurde in den Augen des Königs durch den Umstand verdreifacht, daß er zugleich ein Zwerg und ein Krüppel war. Man fand damals an Höfen Zwerge ebenso häufig vor wie Narren; viele Monarchen hätten nicht gewußt, womit sie ihre Tage ausfüllen sollten – an Höfen sind die Tage länger als anderswo – ohne einen Narren, *mit* dem sie, und einen Zwerg, *über* den sie lachen konnten. Aber wie ich schon bemerkte, sind die Spaßmacher in neunundneunzig von hundert Fällen fett, rund und unbehilflich, so daß unser König wahrhaftig nicht geringe Ursache hatte, sich zu gratulieren, daß er in Hopp-Frosch – so hieß der Narr – einen dreifachen Schatz in einer Person besaß.

Ich glaube, den Namen ‹Hopp-Frosch› hatte der Zwerg nicht bei der Taufe von einem seiner Paten erhalten, er war ihm vielmehr nach gemeinsamem Übereinkommen der sieben Minister wegen seiner Unfähigkeit, sich wie andere Menschen fortzubewegen, verliehen worden. Hopp-Frosch konnte nämlich nur durch eine Art ruckweisen Hüpfens vorwärts kommen – eine Bewegung, die ein Mittelding zwischen Springen und Rutschen war und dem König ein unbegrenztes Vergnügen und große Genugtuung gewährte, da er selbst, obwohl er an einem Hängebauch und einer chronischen Anschwellung des Kopfes litt, bei Hofe für eine prächtige Erscheinung galt.

Doch obwohl Hopp-Frosch sich zu ebener Erde nur mit großer Mühe und Schwierigkeit fortbewegen konnte, befähigte ihn die wunderbare Muskelkraft, mit der die Natur, gleichsam als Entschädigung für die Gebrechlichkeit seiner unteren Gliedmaßen, seine Arme ausgestattet hatte, wahre Wunderwerke der Geschicklichkeit zu vollbringen, sobald es sich darum handelte, einen Baum oder dergleichen zu erklimmen oder sich an einem Seil hinaufzuziehen. Bei solchen Übungen glich er viel eher einem Eichhörnchen oder einem kleinen Affen als einem Frosch.

Ich kann nicht mit Bestimmtheit sagen, aus welchem Lande Hopp-Frosch eigentlich gekommen. Jedenfalls stammte er aus einer wilden Gegend, von der niemand etwas wußte – weit weg von des Königs Hof. Man hatte Hopp-Frosch und ein junges Mädchen, das nur um ein kleines weniger zwergenhaft, sonst aber von erlesenem Körperbau und eine wundervolle Tänzerin war, mit Gewalt aus ihrer Heimat fortgeschleppt; einer der immer siegreichen Generale des Königs hatte beide als Geschenk an den Hof gebracht.

So ist es denn nicht verwunderlich, daß zwischen den beiden kleinen Gefangenen eine innige Freundschaft entstand, daß sie unzertrennliche Kameraden wurden. Hopp-Frosch war am Hof, obwohl er so viel zur Belustigung beitrug, nichts weniger als beliebt, und es stand nicht in seiner Macht, der Trippetta größere Dienste zu leisten; sie jedoch wurde wegen ihrer Anmut und seltenen Schönheit trotz ihrer zwergenhaften Erscheinung von allen bewundert und verhätschelt, so daß sie einen großen Einfluß erlangte, von dem sie, wo sie nur immer konnte, zugunsten ihres Freundes Hopp-Frosch Gebrauch machte.

Zur Feier irgendeiner großen Staatsaktion – ich vergaß welcher – beschloß der König, einmal wieder einen Maskenball zu veranstalten. Bei jedem Kostümfest oder ähnlichem Anlaß mußten Hopp-Frosch und Trippetta ihre Talente zeigen. Hopp-Frosch besonders war so erfinderisch im Anordnen von Aufzügen, in der Zusammenstellung von neuen Kostümen und dergleichen, daß sein Beistand unentbehrlich war. Der Abend, an dem das Fest gefeiert werden sollte, kam heran. Eine weite Halle war unter Trippettas Augen mit allem, was einer Maskerade Glanz verleihen kann, ausgeschmückt worden. Der ganze Hof befand sich in einem Fieber der Erwartung. Es läßt sich denken, daß sich alle ihr Kostüm und ihre Rolle längst ausgesucht hatten. Manche hatten schon seit Wochen, ja seit Monaten darüber nachgedacht, welchen Charakter sie an dem Abend darstellen wollten. Alle waren mit ihren Vorbereitungen fertig – nur nicht der König und seine sieben Minister. Warum sie sich noch nicht entschlossen hatten, kann ich nicht sagen; vielleicht handelte es sich auch hier um einen Scherz. Wahrscheinlicher jedoch ist, daß sie wegen ihrer Beleibtheit zu keinem Entschluß kommen konnten. Doch die Zeit verging, und in letzter Stunde schickten sie zu Trippetta und Hopp-Frosch.

Als die beiden kleinen Freunde dem Befehl des Königs nachkamen, fanden sie ihn mit seinen Beratern beim Wein sitzen; doch schien er in sehr schlechter Laune zu sein. Er wußte, daß Hopp-Frosch Wein nicht vertrug, denn sein Genuß brachte den armen Krüppel stets in eine Aufregung, die an Wahnsinn grenzte. Aber der König liebte, wie gesagt, spaßhafte Taten, und es machte ihm Vergnügen, Hopp-Frosch zum Trinken zu zwingen, damit er, wie er sich ausdrückte, «lustig werde».

«Komm her, Hopp-Frosch», sagte er, als der Spaßmacher und seine Freundin das Gemach betreten hatten, «trinke diesen Humpen auf das Wohl deiner fernen Freunde» (hier seufzte Hopp-Frosch) «und laß uns dann deine Erfindungsgabe zugute kommen. Wir brauchen Charaktermasken – Charaktermasken, mein Sohn –, irgend etwas Neues, Außergewöhnliches. Wir sind der ewigen Wiederholungen müde. Komm und trink! Der Wein wird deinen Witz aufstacheln.»

Hopp-Frosch bemühte sich, die Aufforderung des Königs mit einem Witz zu beantworten, doch ging es diesmal über seine Kräfte. Der arme Zwerg hatte zufällig an jenem Tage Geburtstag, er hatte viel an sein Heimatland gedacht, und der Befehl, auf seine fernen

Freunde zu trinken, trieb ihm Tränen ins Auge. Viele schwere bittere Tropfen fielen in den Becher, als er ihn demütig aus der Hand des Tyrannen entgegennahm.

«Ha ha ha ha!» brüllte der König vergnügt auf, als der Zwerg den Wein mit Widerstreben hinuntergoß. «Seht doch einmal an, was ein Glas guten Weins nicht alles fertigbringt! Wahrhaftig, deine Augen glänzen schon.»

Armer Kerl! Seine großen Augen glühten mehr, als daß sie leuchteten; der Wein wirkte auf sein erregbares Gehirn ebenso schnell wie heftig. Er stellte den Becher zitternd auf den Tisch zurück und blickte mit halb irrsinnigem Stieren im Kreise umher. Die Minister schienen sich alle höchlichst über diesen «Scherz» des Königs zu amüsieren.

«Und nun das Geschäftliche», sagte der Premierminister, ein *sehr* dicker Herr.

«Ja», meinte der König, «komm, Hopp-Frosch, hilf! Also Charaktermasken, mein edler Bursche, Charaktermasken müssen wir haben, ja, wir alle – hahaha!» Da er seine Worte für einen Witz hielt, lachte er, und die sieben lachten im Chor mit.

Hopp-Frosch lachte auch, obwohl nur schwach und wie unbewußt.

«Komm, komm», rief nun der König mit Ungeduld, «ist dir noch nichts eingefallen?»

«Ich bemühe mich, etwas ganz Neues zu erdenken», stammelte der Zwerg, den der Wein schon ganz verwirrt hatte.

«Bemühen!» schrie der Tyrann wütend. «Was willst du damit sagen? Ah, ich sehe schon, du bist noch nicht in Stimmung und mußt mehr Wein haben. Hier, trink!» Und er goß noch einen Becher voll und bot ihn dem Krüppel dar, der, nach Atem ringend, ihn angstvoll anstarrte.

«Trink, sag ich dir», schrie das Ungeheuer, «oder der Teufel –»

Der Zwerg zögerte. Der König wurde purpurrot vor Wut. Die Höflinge lächelten albern. Trippetta, bleich wie eine Leiche, ging auf den König zu, fiel vor ihm auf die Knie und bat um Gnade für ihren Freund.

Der Tyrann betrachtete sie einige Minuten lang; offenbar wunderte er sich über ihre Kühnheit. Er schien nicht recht zu wissen, was er tun oder sagen sollte, wie er seine Entrüstung am schicklichsten zum Ausdruck brächte. Endlich stieß er sie, ohne eine Silbe zu reden, von sich fort und goß ihr den Inhalt des übervollen Bechers ins Gesicht. Das arme Mädchen erhob sich zitternd, und ohne einen Seufzer zu wagen, nahm es seinen Platz am unteren Ende der Tafel wieder ein.

Während einer halben Minute war es so totenstill, daß man eine Feder oder ein Blatt hätte fallen hören können. Da wurde die Stille durch ein leises, aber scharfes, andauerndes Geräusch unterbrochen, das zu gleicher Zeit aus jeder Ecke des Zimmers zu kommen schien.

«Wa-wa-warum machst du den Lärm da?» wandte sich der König wütend an den Zwerg.

Der schien sich jedoch von seiner jähen Betrunkenheit

vollständig erholt zu haben, und den Tyrannen fest, doch ruhig anblickend, sagte er bloß:

«Ich? – Ich? Wie könnte ich das getan haben?»

«Mir schien es», bemerkte einer der Höflinge, «als käme der Ton von außen. Ich glaube, es war der Papagei dort am Fenster, der seinen Schnabel an den Käfigstäben wetzte.»

«Mag sein», erwiderte der Monarch, als fühle er sich durch diese Erklärung beruhigt, «aber ich hätte auf meine Ritterehre geschworen, daß jener Vagabund mit den Zähnen geknirscht habe.»

Bei diesen Worten lachte der Zwerg laut auf (der König war zu sehr für Späße eingenommen, um etwas dagegen zu haben, wenn jemand in seiner Gegenwart lachte) und entblößte dabei eine Reihe beängstigend großer, starker Zähne. Überdies erklärte er sich bereit, so viel Wein zu trinken, wie man nur von ihm verlange. Der Monarch war besänftigt, und nachdem Hopp-Frosch noch einen Humpen Weins ohne äußerlich schlimme Wirkung hinuntergestürzt hatte, setzte er mit viel Laune seine Pläne betreffs der Maskerade auseinander.

«Ich weiß nicht, welche Ideenverbindung mich darauf gebracht hat», begann er ganz ruhig, als habe er in seinem ganzen Leben noch keinen Tropfen Wein gekostet, «aber gleich nachdem Majestät das Mädchen geschlagen und ihm den Wein ins Gesicht gegossen hatten – also gleich nachdem Majestät das getan und während der Papagei jenes wunderliche Geräusch am Fenster machte, erinnerte ich mich plötzlich eines prächtigen Maskenscherzes, den man oft in meiner Heimat aufführte. Hier wird er jedoch ganz neu sein. Unglücklicherweise sind jedoch acht Personen dazu nötig und –»

«Wir sind ja gerade acht!» rief der König lachend über seine scharfsinnige Entdeckung. «Genau acht, ich und meine sieben Minister – also los, was ist das für ein Scherz?»

«Wir nennen es», erwiderte der Krüppel, «die acht aneinandergeketteten Orang-Utans. Es ist wirklich ein ausgezeichneter Scherz, wenn er gut durchgeführt wird.»

«Wir werden ihn schon durchführen», sagte der König, indem er aufstand und die Augenlider senkte.

«Der Hauptspaß dabei», fuhr Hopp-Frosch fort, «ist der Schreck, den er den Damen verursacht.»

«Vorzüglich», brüllten der König und seine sieben Minister im Chor.

«Ich werde Sie als Orang-Utans ausstaffieren», fuhr der Zwerg fort. «Sie können mir alles überlassen. Die Ähnlichkeit wird so vollkommen, daß die ganze Gesellschaft Sie für wirkliche Bestien halten wird – man wird sicherlich ebenso erschrocken wie überrascht sein.»

«Das ist ja wirklich famos!» rief der König. «Hopp-Frosch, ich will noch mal was Ordentliches aus dir machen!»

«Die Ketten haben den Zweck, durch ihr Klirren die Angst und die Verwirrung zu erhöhen. Man wird glauben, Sie seien *en masse* Ihren Wärtern entflohen. Majestät können sich gar nicht vorstellen, was für einen Effekt es macht, wenn bei einer Maskerade plötzlich acht aneinandergefesselte Orang-Utans erscheinen, die die ganze Gesellschaft für wirkliche Tiere hält; – wenn sie so mit wildem Geschrei unter die Menge der vornehm und prächtig gekleideten Damen und Herren stürzen. Der Gegensatz ist unvergleichlich!»

«Das *wird* gemacht», sagte der König, und die Gesellschaft erhob sich eilig, denn es war höchste Zeit, um zur Ausführung des Planes zu schreiten.

Hopp-Froschs Mittel, die Gesellschaft als Orang-Utans zu verkleiden, waren äußerst einfach und entsprachen seinen Absichten bestens. Die fraglichen Tiere waren zur Zeit, in der meine Geschichte spielt, noch sehr selten und nur an wenigen Orten der zivilisierten Welt gesehen worden. Da die von dem Zwerg hergestellten Kostüme den Trägern ein ziemlich bestialisches, ja mehr als fürchterliches Aussehen verliehen, glaubte man von ihrer Naturwahrheit wohl überzeugt sein zu dürfen. Der König und die Minister wurden zuerst in engschließende Hemden und Hosen aus halbwollenem Zeug eingenäht. Dies wurde mit Teer getränkt. Als die Sache bis zu diesem Stadium gediehen war, machte einer der Gesellschaft den Vorschlag, jetzt Federn aufzukleben. Diesem Gedanken trat jedoch der Zwerg entgegen und überzeugte die acht bald durch augenscheinliche Erläuterungen, daß das Haar des Orang-Utans viel täuschender durch Flachs nachgebildet werde. So wurde denn

eine dichte Lage Flachs auf die geteerte Unterlage auf-
geklebt und dann eine lange Kette herbeigeschafft und
zuerst um die Taille des Königs geschlungen und befestigt und hierauf um die Taille jedes der Minister und
jedesmal fest verhakt. Als man damit fertig war und die
Gesellschaft so weit wie möglich voneinander Abstand
nahm, bildeten sie einen Kreis; um den Anschein der
Natürlichkeit noch zu erhöhen, zog Hopp-Frosch das
noch übrige Ende der Kette als zwei rechtwinklig zu-
einander stehende Durchmesser durch den Kreis, wie
es heute noch von Affenjägern auf Borneo gemacht
wird.

Der große Saal, in dem das Maskenfest stattfinden
sollte, war kreisrund, sehr hoch und empfing das Licht
nur durch ein einziges Fenster von oben her.

Abends jedoch – der Raum wurde eigentlich nur zu
nächtlichen Festen benutzt – wurde er von einem großen Kronleuchter beleuchtet, der an einer Kette von
dem Mittelpunkt des gewölbten Fensters herabhing
und wie gewöhnlich mittels eines Gegengewichtes her-
auf- und heruntergezogen werden konnte. Diese Kette
hing jedoch des besseren Aussehens wegen nicht im In-
nern, sondern außerhalb der Kuppel über das Dach
herab.

Der Raum war nach Trippettas Angabe ausgeschmückt
worden; doch schien sie sich in einigen Besonderheiten
der klügeren Einsicht ihres Freundes, des Zwerges,
unterworfen zu haben. Auf seinen Vorschlag hatte sie
den Kronleuchter entfernen lassen. Das Abtröpfeln des

Wachses, das unmöglich zu vermeiden gewesen wäre, hätte den prächtigen Gewändern der Gäste leicht verderblich werden können, denn bei der Überfülle im Saal war es unmöglich, seine Mitte, das heißt die Stelle unter dem Kronleuchter, freizuhalten. Dagegen wurden Wandleuchter angebracht und jeder der Karyatiden, die die Mauer stützten – es waren fünfzig oder sechzig –, eine Fackel, die lieblichen Duft ausströmte, in die rechte Hand gegeben.

Die acht Orang-Utans befolgten Hopp-Froschs Rat und warteten mit ihrem Erscheinen geduldig bis Mitternacht, da der Saal vollständig mit Masken gefüllt war. Doch kaum war der zwölfte Glockenschlag verhallt, als sie alle zusammen hereinstürzten oder vielmehr sich hereinwälzten, denn die schwere Kette machte, daß die meisten hinfielen und alle stolperten.

Die Aufregung unter den Masken war außerordentlich groß und erfüllte des Königs Herz mit unbändiger Heiterkeit. Wie man es erwartet hatte, gab es nicht wenige unter den Gästen, welche die wild aussehenden Wesen wenn auch nicht gerade für Orang-Utans, so doch für wirkliche Bestien hielten. Viele Damen wurden vor Entsetzen ohnmächtig, und hätte der König nicht vorsichtshalber das Waffentragen im Saal verboten, so hätte es leicht geschehen können, daß er und seine Gesellschaft ihren Scherz mit ihrem Blut bezahlt hätten. Es entstand ein allgemeiner Andrang nach den Türen; der König hatte jedoch befohlen, daß dieselben unmittelbar nach seinem Eintritt geschlossen werden sollten; und auf des Zwerges Vorschlag waren diesem die Schlüssel übergeben worden.

Als der Tumult aufs höchste gestiegen war und jeder nur daran dachte, sich in Sicherheit zu bringen – es war durch das Gedränge nämlich eine Gefahr entstanden –, hätte man bemerken können, daß die Kette, an der gewöhnlich der Kronleuchter hing und die man nach seiner Entfernung aufgezogen hatte, nach und nach herabgelassen wurde, bis ihr mit einem Haken versehenes Ende nur noch drei Fuß von der Erde entfernt war.

Bald darauf befanden sich der König und seine sieben Minister, nachdem sie die Halle in jeder Richtung durchstolpert hatten, in ihrem Mittelpunkt und in fast unmittelbarer Berührung mit der Kronleuchterkette. Als sie hier standen, stachelte sie der Zwerg, der ihnen stets auf dem Fuße folgte, an, den Tumult aufrechtzuerhalten, und ergriff dabei die Kette an ihrem Kreuzungspunkte in der Mitte des Kreises; mit der Schnelligkeit eines Gedankens hatte er diese in den Haken eingehakt, an dem sonst der Kronleuchter hing. Durch irgendeine unsichtbare Macht wurde nun die Kronleuchterkette so hoch hinaufgezogen, daß der Haken von unten her nicht mehr zu erreichen war und die Orang-Utans, Gesicht an Gesicht, schwebend in der Luft hingen.

Die Maskengesellschaft hatte sich mittlerweile einigermaßen von ihrem Schrecken erholt und betrachtete die ganze Sache als einen gut erfundenen Scherz. Ein lautes Gelächter über die hilflose Lage der Affen durchscholl den Saal.

«Überlaßt sie mir!» schrie Hopp-Frosch mit seiner schrillen Stimme, die all den Lärm durchdrang und leicht verständlich war. «Überlaßt sie mir. Ich glaube, ich kenne sie. Wenn ich sie nur erst recht betrachten könnte, würde ich schon sagen können, wer sie sind.»

Bei diesen Worten drängte er sich durch die Menge bis an die Wand, nahm einer der Karyatiden die Fackel weg und kehrte, wie er gekommen, in die Mitte des Raumes zurück, schwang sich mit affenartiger Geschwindigkeit auf den Kopf des Königs, kletterte noch ein paar Fuß an der Kette empor und senkte die Fackel, um die Orang-Utans zu beleuchten, und schrie wiederum:

«Ich werde bald herausfinden, wer sie sind!»

Und während nun die ganze Gesellschaft, die Affen mit einbegriffen, von Lachen durchschüttelt wurde, ließ der Spaßmacher einen schrillen Pfiff hören, worauf die Kette mit Heftigkeit ungefähr dreißig Fuß in die Höhe schnellte, die geängstigten, zappelnden Orang-Utans mit sich zog und in der Mitte zwischen dem Gewölbefenster und dem Fußboden hängen ließ. Hopp-Frosch, der sich an der Kette, als sie aufgezogen wurde, festgehalten hatte, hing also ein gut Stück über den acht Masken und hielt seine Fackel noch immer gesenkt, als sei nichts vorgefallen, als sei er noch immer bemüht, herauszubringen, wer sich hinter den Masken verstecke. Die Gesellschaft war über das Hinaufziehen der Kette so erstaunt, daß ein minutenlanges totales Stillschweigen entstand. Es wurde endlich durch ein leises, scharfes, knirschendes Geräusch unterbrochen, welches dem,

das die Aufmerksamkeit des Königs und seiner Räte auf
sich gezogen hatte, als der Tyrann der Trippetta den
Wein ins Gesicht gegossen hatte, vollständig ähnlich
war. Doch konnte jetzt kein Zweifel mehr darüber herrschen, woher der Ton kam. Er kam von den fangartigen
Zähnen des Zwerges, der schäumenden Mundes mit ihnen knirschte und mit einem Ausdruck wahnsinniger
Wut in die aufwärts gewandten Gesichter des Königs
und seiner sieben Minister starrte.

«Aha!» sagte endlich der wutentbrannte Narr. «Jetzt
wird mir allmählich klar, wer diese Leute sind.»
Bei diesen Worten hielt er, als wolle er den König noch
genauer betrachten, seine Fackel an die Flachshülle, die
denselben umgab. Im Augenblick ging sie in Flammen
auf, und in weniger als einer halben Minute standen alle
Orang-Utans in hellem Brande. Die Menge unten
schrie wild auf und blickte voll Entsetzen hinauf, ohne
auch nur die geringste Hilfe leisten zu können.

Die Flammen, die immer heftiger wurden, nötigten den
Narren bald, die Kette noch weiter hinaufzuklettern,
um ihrem Bereich zu entfliehen. Während er dies aus-
führte, trat in der Menge ein erneutes kurzes Schweigen
ein, das der Zwerg benutzte, um zu reden.

«Ich sehe jetzt deutlich», sagte er, «was für Menschen
sich hinter diesen Masken verbergen. Es ist ein großer
König und seine sieben Geheimen Kabinettsräte – ein
König, der es wagte, ein hilfloses Mädchen zu mißhan-
deln, und seine sieben Räte, die zu allem, was er
Schimpfliches tat, ja sagten. Und ich – ich bin nur

Hopp-Frosch, der Narr, und dies hier ist mein letzter Scherz.»

Bei der leichten Verbrennbarkeit der beiden Stoffe, aus denen die Kostüme der Orang-Utans bestanden, war das Werk der Rache schon vollbracht, als der Zwerg seine kurze Ansprache beendet hatte. Die acht Körper hingen nur noch als eine rauchende, übelriechende Masse in ihren Ketten. Der Krüppel schleuderte seine Fackel auf sie herab, kletterte gelassen zur Decke empor und verschwand durch das Gewölbefenster.

Man nimmt an, daß Trippetta, die oben auf dem Dach stand, die Mitschuldige bei diesem feurigen Rachewerk ihres Freundes gewesen war und daß beide zusammen in ihre Heimat geflohen sind. Denn man hat keinen von beiden jemals wiedergesehen.

DIE SPHINX

Während der furchtbaren New Yorker Cholera-
zeit hatte ich es vorgezogen, die freundliche Einla-
dung eines Verwandten anzunehmen und bei ihm in der
Abgeschlossenheit eines Landhäuschens, am Ufer des
Hudson, einige Wochen zuzubringen. Wir konnten uns
dort all die üblichen Sommerunterhaltungen und Lust-
barkeiten gestatten und hatten uns auch wohl die Zeit
mit Ausflügen in die weiten Wälder, mit Kahnfahren,
Fischen, Baden, mit Malen und Zeichnen, mit Musik
und Lektüre auf das allerangenehmste vertrieben, wenn
uns nicht jeden Morgen die schrecklichen Nachrichten
aus der nahen Riesenstadt zugegangen wären. Beinah
kein Tag verstrich, der uns nicht die Nachricht von dem
Tod eines mehr oder weniger guten Bekannten brachte.
Und als das Verhängnis weiter fortschritt, da sahen wir
schließlich nur noch mit dem größten Bangen dem Bo-
ten entgegen, der uns die Briefe und Zeitungen brachte;
denn wir konnten sicher sein: unter den Opfern, die die
Seuche seit der letzten Post gefordert hatte, befand sich
wieder einer unserer Freunde – wenn nicht gar mehrere
und die liebsten!

So mochte es kommen, daß uns schließlich selbst die
Luft, die aus dem Süden kam, todbringend schien. *Mich*
wenigstens faßte dieser Gedanke, um mich schließlich
nicht wieder loszulassen und sich in jede Wendung meines Sprechens, Denkens und Träumens einzuschlei-
chen.

Mein gastfreundlicher Verwandter war weniger erregt.
Und obwohl er sich innerlich auch recht gedrückt füh-

len mochte, versuchte er doch, mich aufzurichten. Sein scharfer, philosophisch geschulter Verstand ließ sich von Unwirklichkeiten nicht so leicht berühren. Tatsächliche Schrecknisse, Gefahren und so weiter konnten ihn sicherlich hart bedrängen, aber ihre bloßen Schatten gingen unwirksam an ihm vorüber.

Seine Bemühungen, mich zusammenzurütteln und aus meinem Zustand krankhafter Verdüsterung, in den ich gesunken war, herauszureißen, wurden großenteils durch gewisse Bücher vereitelt, die ich in seiner Bibliothek gefunden hatte. Sie hatten einen Inhalt, der die Saat ererbten Aberglaubens in mir notwendig zum Keimen bringen mußte.

Ich hatte diese Bücher gelesen, ohne daß mein Gastgeber darum wußte. Und so konnte er sich erst recht nicht erklären, welchem Umstand die dauernde Veränderung meines Wesens im besonderen zuzuschreiben sein mochte, noch wissen, wie es überhaupt in mir aussah.

Damals war ich ganz besonders geneigt, an Vorbedeutungen zu glauben – ja, diesen Glauben selbst ernsthaft zu verteidigen. Wir führten darüber lange und lebhafte Debatten. Mein Verwandter betonte immer wieder, wie vollständig unberechtigt der Glaube an dergleichen Dinge sei – ich behauptete dagegen, daß ein so vielfach empfundenes Gefühl, wenn es sich plötzlich, unvorbereitet, ohne erkennbare Spuren einer Suggestion von außen, einstellt, in sich selbst die nicht zu verkennende Kraft der Wahrheit enthalten und größere Beachtung beanspruchen müsse.

Nun geschah es, daß sich bald nach meiner Ankunft in dem Landhaus ein seltsamer Vorfall ereignete, der so viel Unheilverkündendes an sich hatte, daß es nur zu erklärlich war, wenn ich ihn als eine Vorbedeutung ansah. Er erschreckte, verwirrte und verstörte mich so, daß mehrere Tage vergingen, ehe ich mich entschließen konnte, meinem Freund eine Mitteilung davon zu machen.

Am Abend eines außerordentlich warmen Tages saß ich mit einem Buch in der Hand an einem offenen Fenster, das eine weite Aussicht längs der Ufer des Flusses auf einen entfernten Hügel gestattete, dessen mir zugekehrter Abhang größtenteils der Bäume entblößt worden war. Meine Gedanken waren schon lange von dem Buch in meiner Hand zu den Verwüstungen gewandert, die in der benachbarten Stadt herrschen mochten. Als ich einmal meine Blicke von den Blättern erhob, fielen sie auf das nackte Bild jenes Hügels und auf einen Gegenstand – auf ein lebendiges Ungeheuer von schaudererregender Gestalt, das sich mit großer Schnelligkeit vom Gipfel zum Tal bewegte und endlich in dem dichten Wald am Fuß des Hügels verschwand. Als mein Auge dieses Wesen zuerst wahrnahm, bezweifelte ich meinen gesunden Verstand oder wenigstens das Zeugnis meiner Augen; und es dauerte mehrere Minuten lang, ehe ich mich davon überzeugte, daß ich weder irre sei noch träume. Und dennoch fürchte ich, daß alle, denen ich das Ungeheuer beschreibe, das ich doch deutlich sah und auf seinem ganzen Weg unausgesetzt beobachtete, noch schwerer zu überzeugen sein werden, als ich es selbst war.

Ich schätzte die Größe des Untieres durch einen Vergleich mit dem Durchmesser der großen Bäume ab, der wenigen Waldriesen, die man bei der Abholzung übergangen hatte, und schloß, daß sie beträchtlicher sei als die eines der mittelgroßen Dampfboote, die auf dem Fluß verkehrten. Ich sagte, als die eines Bootes, weil die Gestalt des Ungeheuers den Vergleich mit dem Rumpf eines solchen Fahrzeuges nahelegte. Der Mund des Tieres befand sich am Ende eines Rüssels, der sechzig oder siebzig Fuß lang und so dick wie der Körper eines gewöhnlichen Elefanten war. An der Wurzel des Rüssels wucherte eine ungeheure Menge schwarzen Haares – es war mehr, als die Haut von zwanzig Büffeln hätte liefern können; und aus diesem Haar wuchsen seitlich nach unten zwei leuchtende Hauer hervor, ähnlich wie bei dem wilden Eber, doch von unendlich größeren Dimensionen. Parallel mit dem Rüssel, nach vorwärts gerichtet, befand sich auf jeder Seite desselben etwas wie ein riesiger Stab, dreißig oder vierzig Fuß lang, anscheinend aus reinstem Kristall und von der Gestalt eines regelrechten Prismas, das die Strahlen der untergehenden Sonne auf das prächtigste widerspiegelte. Der Rumpf hatte die Form eines Keils, dessen Spitze zur Erde gerichtet ist. Von ihm spreizten sich zwei Paar Flügel aus, und zwar lag ein Paar über dem anderen; jeder einzelne Flügel mochte ungefähr hundert Ellen lang sein und war reichlich mit Metallschuppen bedeckt, von denen jede wohl zehn bis zwölf Fuß Durchmesser hatte. Ich bemerkte, daß das obere und untere Paar Flügel durch eine starke Kette miteinander in Verbindung standen. Das Sonderbarste an diesem schrecklichen Wesen war das Bild eines Totenkopfes, das fast die ganze Oberfläche der Brust bedeckte und sich nun im strahlenden Weiß so deutlich von dem übrigen Schwarz des Körpers abhob, als habe es ein Künstler sorgfältig aufgezeichnet. Während ich dies fürchterliche Tier und besonders das Bild auf seiner Brust mit Furcht und Entsetzen betrachtete, mit einer Vorempfindung kommenden Unheils, die ich durch keine Verstandesgründe niederzuringen vermochte, bemerkte ich, daß sich die ungeheuren Kiefer am Ende des Rüssels teilten und ein so lauter, eindringlicher Wehlaut aus ihnen hervordrang, daß er meine Nerven zerriß wie ein Totengeläute... Als das Ungeheuer am Fuß des Berges verschwand, sank ich ohnmächtig zu Boden.

Ich kam jedoch bald wieder zu mir. Meine erste Empfindung war, meinem Wirt alles, was ich gesehen und gehört hatte, sofort mitzuteilen – und es ist mir selbst kaum erklärlich, welches Gefühl des Widerwillens mich zum Schluß dennoch daran hinderte.

Eines Abends, drei oder vier Tage nach dem Vorfall, saßen wir zusammen in dem Zimmer, von dem aus ich die Erscheinung beobachtet hatte. Ich hatte denselben Sitz an demselben Fenster inne, er lag gemächlich auf dem Sofa an meiner Seite. Die Ähnlichkeit der Situation trieb mich, ihm von dem Phänomen doch noch zu berichten. Er hörte mich bis zu Ende an – lachte erst herzlich –, wurde aber dann plötzlich außerordentlich ernst, als zweifle er an meinem gesunden Verstand. In diesem Augenblick jedoch erblickte ich das Ungeheuer wieder ganz deutlich und richtete mit einem Schrei des Entsetzens die Aufmerksamkeit meines Freundes darauf. Er blickte aufmerksam hin, behauptete jedoch, nichts zu sehen, obwohl ich ihm bis ins kleinste den Weg des Tieres auf dem nackten Abhang des Hügels bezeichnete.

Ich war nun über die Maßen erschreckt, denn ich hielt die Erscheinung entweder für eine Vorbedeutung meines Todes oder, was noch schlimmer war, für den Vorläufer eines Wahnsinnsanfalles. In höchster Erregung warf ich mich in meinen Stuhl zurück und verbarg ein paar Augenblicke lang mein Gesicht in meinen Händen. Als ich wieder aufblickte, war die Erscheinung nicht mehr zu sehen.

Mein Gastgeber jedoch hatte seine Ruhe so ziemlich wiedererlangt und fragte mich nun auf das genaueste nach der Gestalt des geschauten Wesens. Als ich ihn vollständig befriedigt hatte, seufzte er auf, als sei er von einer schweren Last erlöst, und begann mit einer, wie mir schien, grausamen Ruhe von verschiedenen Punkten der spekulativen Philosophie zu sprechen, über die wir schon oft diskutiert hatten. Ich erinnere mich, daß er sich unter anderem ganz besonders über den Gedanken verbreitete, daß die hauptsächlichste Quelle des Irrtums aller menschlichen Erforschungen in der Neigung des Verstandes begründet läge, die Größe eines

Gegenstandes zu über- oder zu unterschätzen, und zwar durch falsche Taxierung seiner Nähe. «So müßte», sagte er, «wenn man den Einfluß abschätzen wollte, den einst die gänzliche Ausbreitung der Demokratie auf die Menschheit haben wird, die Entfernung jenes Zeitpunktes, an dem eine solche Ausbreitung möglich sein würde, ein beachtenswertes Moment bei dieser Abschätzung bilden. Und doch – kannst du mir einen Sozialpolitiker nennen, der jemals diesen Punkt der Diskussion wert erachtete?»

Hier unterbrach er sich, ging zum Bücherschrank hinüber und entnahm ihm einen der gewöhnlichen Leitfäden der Naturgeschichte. Dann bat er mich, den Platz mit ihm zu wechseln, damit er den kleinen Druck des Buches besser lesen könne, schob meinen Lehnstuhl ans Fenster und nahm seine Rede in dem gleichen Ton wie vorhin wieder auf.

«Wenn du mir das Ungeheuer nicht so außerordentlich genau beschrieben hättest», sagte er, «hätte ich dir niemals zeigen können, was es wirklich ist. Zuerst will ich dir vorlesen, was die Schulknaben von der Gattung Sphinx, aus der Familie Crepuscularia, aus der Ordnung Lepidoptera der Klasse der Insekten, lernen müssen. Hier heißt es folgendermaßen:

‹Vier häutige Flügel, mit kleinen, farbigen Schuppen von metallischem Aussehen bedeckt. Mund bildet einen Rüssel, hervorgebracht durch eine Verlängerung der Kiefer. Das untere Flügelpaar ist mit dem oberen durch ein steifes Haar verbunden; antennae hat die Gestalt einer verlängerten Keule, prismatisch. Unterleib läuft spitz zu. Die Totenkopf-Sphinx hat zu gewissen Zeiten durch die Klagetöne, die sie ausstößt, und durch die Zeichnung des Totenkopfes, die sie auf der Brust trägt, großen Schrecken unter dem Volk hervorgerufen.»»

Hier schloß er das Buch und neigte sich in dem Stuhl ein wenig vor, bis er genau dieselbe Stellung einnahm, die ich in dem Augenblick innehatte, als ich das ‹Ungeheuer› erblickte.

«Ah, da ist es!» rief er aus. «Es steigt den Abhang des Hügels wieder hinauf, und ich muß gestehen, daß es wirklich ein höchst merkwürdig aussehendes Geschöpf ist. Doch ist es nicht im entferntesten so groß oder so entfernt, wie du dachtest, denn in Wirklichkeit mißt es, während es sich jetzt an dem Faden, den eine Spinne an dem Fensterflügel gesponnen hat, hinaufwindet, von seinem äußersten Ende zum anderen ein sechzehntel Zoll und ist ebenso ungefähr ein sechzehntel Zoll von der Pupille meines Auges entfernt.»

METZENGERSTEIN

Pestis eram vivus – moriens tua mors ero.

Martin Luther

Entsetzen und Unglück rasen in ungezügeltem Lauf durch alle Jahrhunderte. Wozu also ist es nötig, die Zeit, in der sich meine Geschichte ereignete, näher anzugeben? Es genügt mir, zu erwähnen, daß es jene Epoche war, in der die Lehre von der Seelenwanderung viele geheime Anhänger hatte.

Die Familien Berlifitzing und Metzengerstein lagen seit Jahrhunderten in Zwietracht miteinander. Niemals sah man zwei so erlauchte Häuser in tödlicherer Feindschaft; und zwar war dieser gegenseitige Haß der alten Prophezeiung entsprungen: «Ein großer Name wird auf das schrecklichste untergehen, wenn die Sterblichkeit von Metzengerstein, wie der Reiter auf seinem Roß, über die Unsterblichkeit von Berlifitzing triumphiert.»

Dieser Ausspruch hatte gewiß wenig oder gar keinen Sinn; doch haben schon oft unbedeutendere Ursachen große Wirkungen hervorgerufen. Im übrigen hatten die beiden benachbarten Häuser lange Zeit um den größeren Einfluß auf die schwachen Herrscher des Landes gekämpft, und dann – Nachbarn, die so nah beieinander wohnen, sind ja nur sehr selten Freunde. Von der Höhe ihres festgegründeten Söllers aus konnten die Bewohner des Schlosses Berlifitzing in die Fenster des Palastes Metzengerstein sehen. Auch war die Entfaltung einer mehr als lehnsherrlichen Pracht von seiten der Metzengerstein wenig dazu angetan, die leicht erregten Gefühle der Berlifitzing, die weniger Ahnen und weniger Reichtum aufweisen konnten, zu beruhigen. Ist es also verwunderlich, daß diese an sich widersinnige Weissagung die Feindschaft zwischen den beiden Häusern, die immer wieder durch alle Stachel ererbter Eifersucht angetrieben wurde, stets wach erhielt? Die Prophezeiung schien anzudeuten – wenn sie überhaupt irgendeinen Sinn hatte –, daß das jetzt schon mächtigere Haus einen endgültigen Triumph davontragen werde, und lebte deshalb in der Erinnerung der schwächeren Familie fort und reizte sie stets zu neuen Feindseligkeiten.

Wilhelm, Graf von Berlifitzing, der einstmals so Tapfere, war zur Zeit dieser Erzählung nur noch ein alter, unfähiger Wortfechter. Nichts Bemerkenswertes hatte er an sich als eben jene eingewurzelte, schon an Albernheit grenzende Abneigung gegen die Familie seines Nebenbuhlers, und dann allerdings eine noch so lebhafte Leidenschaft für Jagd und Pferde, daß nichts – weder sein hohes Alter noch seine körperliche Schwäche, noch das Schwinden seiner Geisteskräfte – ihn hindern konnte, täglich dies Vergnügen und seine Gefahren aufzusuchen. – Friedrich, Baron von Metzengerstein, war noch nicht mündig. Sein Vater war jung gestorben und dessen Frau, Maria, war ihm bald gefolgt. Friedrich stand damals in seinem achtzehnten Lebensjahr. In der Stadt bedeuten achtzehn Jahre keine lange Zeit, aber in der Einsamkeit, und noch dazu in einer so wundervollen Einsamkeit wie der des alten Herrensitzes, wandern die Stunden mit tiefer, bedeutsamer Feierlichkeit. Infolge gewisser Umstände und persönlicher Bestimmungen des Vaters war der junge Baron sofort nach dessen Tod in den Besitz der ausgedehnten Güter gelangt. Selten trat ein Edelmann eine ähnliche Erbschaft an! Seine Schlösser waren unzählig, das prächtigste und größte war der Palast Metzengerstein. Die Grenzlinie seiner Besitzungen ist niemals klar bestimmt worden; sein größter Park hatte allein einen Umkreis von funfzig Meilen.

Man kannte den Charakter des neuen, jungen Besitzers dieser unvergleichlichen Güter ziemlich genau, so daß es nicht allzu schwer war, Schlüsse auf sein künftiges Betragen zu ziehen. Und richtig, schon nach drei Tagen stellten die Taten des Erben selbst die eines Herodes in den Schatten und übertrafen die kühnsten Hoffnungen seiner Bewunderer. Schmachvolle Ausschweifungen, offenbare Niederträchtigkeiten, unerhörte Grausamkeiten machten seinen angsterfüllten Untergebenen klar, daß nichts – weder demütige Unterwerfung ihrerseits noch Gewissensbedenken seinerseits – ihnen in Zukunft Sicherheit vor den ruchlosen Händen dieses zweiten Caligula verleihen konnte. In der Nacht des vierten Tages schon ergriff eine wütende Feuersbrunst die Stallungen des Schlosses Berlifitzing; und einstimmig schrieb die zitternde Nachbarschaft das Verbrechen der Brandstiftung auf die schreckensvolle Liste der Untaten und Grausamkeiten des Barons.

Der junge Edelmann befand sich während des Tumultes, den das Feuer hervorrief, in einem großen, einsamen Zimmer hoch oben im Palast und war anscheinend in tiefe Betrachtung versunken. Auf der reichen, obwohl ein wenig verblaßten Wandbekleidung, die melancholisch die Mauern bedeckte, befanden sich Abbildungen der majestätischen Gestalten vieler seiner erlauchten Ahnen. Hier Priester, reich in Hermelin gekleidet, hohe geistliche Würdenträger, die durch ihr ‹Veto› den Launen manches weltlichen Königs ein Ziel gesetzt und durch das ‹Fiat› der päpstlichen Allmacht den aufrührerischen Geist des Erzfeindes im Zaume gehalten hatten; da die hohen, düsteren Gestalten der Ritter von Metzengerstein auf ihren muskelstarken Kriegsrossen, die die Leichname gefallener Feinde zu Boden stampfen und durch ihren wilden Ausdruck den Stärksten erschrecken konnten; dort üppige, schwanenweiße Damen aus längst vergangenen Tagen, Frauen, die sich, wie zu den Klängen einer Melodie, in den seltsamen Windungen eines phantastischen Tanzes drehten.

Während der Baron auf den immer lauter werdenden Tumult, der aus den Stallungen von Berlifitzing herüberscholl, lauschte oder zu lauschen schien und vielleicht auf irgendeine neue, kühne Untat sann, richteten sich seine Blicke unwillkürlich auf das Bild eines riesigen Pferdes von ganz unnatürlicher Farbe, das auf einem Wandteppich als Streitroß eines Ritters aus der Familie seines Rivalen abgebildet war. Das Tier stand im Vordergrund des Bildes, unbeweglich und steinern, während ein wenig hinter ihm sein besiegter Reiter durch den Dolch eines Metzengerstein getötet wurde.

Um Friedrichs Lippen zog sich ein teuflischer Ausdruck, als er bemerkte, welche Richtung sein Blick unfreiwilligerweise genommen hatte. Er wandte die Augen nicht ab, obwohl ganz plötzlich eine unerklärliche, würgende Angst wie ein kaltes Leichentuch um ihn zusammenschlug. Er fühlte sich vollständig wach, versuchte aber, diese unerklärlichen Gefühle als Traumempfindungen hinzustellen. Doch je länger er das Bild betrachtete, desto mehr geriet er in seinen Bann, desto unmöglicher wurde es ihm, seine Blicke von den Gestalten loszureißen, deren Anblick ihn zu lähmen schien. Aber als das Getöse draußen plötzlich ganz besonders heftig wurde, machte er, fast mit Bedauern, eine gewaltsame Anstrengung und wandte seine Aufmerksamkeit einer roten Lichtgarbe zu, die aus den brennenden Stallungen in sein Fenster fiel.

Doch nur für einen Augenblick; dann richteten sich seine Augen fast unwillkürlich wieder auf das Wandbild. Mit Entsetzen bemerkte er, daß der Kopf des Schlachtrosses seine Lage verändert hatte. Der Hals des Tieres, der vorher wie voll Mitleid starr nach seinem am Boden liegenden Herrn gewandt war, hatte sich jetzt in seiner ganzen Länge auf den Baron zu ausgestreckt. Die Augen, die eben noch unsichtbar gewesen waren, blickten nun mit einem wilden, fast menschlichen Ausdruck vor sich hin und leuchteten in seltsamem, glühendem Rot, während die auseinandergezerrten Lippen des offenbar wütenden Tieres widerwärtige Totenzähne sehen ließen.

Gefaßt von jähem Schreck wankte der junge Fürst der

Tür zu. Als er sie öffnen wollte, sprühte ein Strahl roten Lichtes in den Saal und zeichnete seinen grellen Widerschein auf die schwankende Wandbekleidung. Der Baron zögerte einen Augenblick auf der Schwelle und sah mit Schaudern, daß der Strahl gerade auf das Bild des triumphierenden Mörders des Ritters von Berlifitzing fiel und sich ganz genau mit den Umrissen der Gestalt des Siegers deckte.

Um seines Schreckens Herr zu werden, eilte der Baron ins Freie. Am Haupteingang des Palastes traf er drei seiner Stallknechte, die mit großer Mühe und Lebensgefahr versuchten, die wilden Sprünge eines riesigen feuerroten Rosses zu bändigen.

«Wem gehört das Pferd? Wo habt ihr es her?» keuchte der junge Metzengerstein mit entsetzter, heiserer Stimme, denn er hatte das wütende Tier sofort als das vollkommene Gegenstück zu dem geheimnisvollen Streitroß auf dem Wandteppich erkannt. «Es gehört Ihnen, Herr Baron», antwortete einer der Knechte, «wenigstens macht kein anderer Anspruch auf das Tier. Wir haben es eingefangen, als es, vor Wut schnaubend und feuersprühend, aus den brennenden Stallungen von Berlifitzing entfloh, und da wir annahmen, daß es zum Gestüt der ausländischen Pferde des alten Grafen gehöre, brachten wir es ihm zurück. Aber die Dienerschaft behauptet, sie hätten kein Recht auf das Tier, was um so sonderbarer ist, da es noch Spuren an sich trägt, die beweisen, daß es nur mit Mühe den Flammen entkommen ist.»

«Auf der Stirn sind ihm auch ganz deutlich die Buchstaben W. v. B. eingebrannt», bemerkte ein anderer
Knecht, «und obgleich ich sagte, daß es nur die An-
fangsbuchstaben von ‹Wilhelm von Berlifitzing› sein
können, behaupteten alle auf dem Schloß, sie hätten das
Pferd nie gesehen.»

«Äußerst sonderbar», erwiderte der junge Baron in tiefem Sinnen und hörte offenbar selbst nicht, was er sagte,
«es ist wirklich ein sonderbares Tier – ein wunderbares
Tier, trotz seines bösartigen, unbezähmbaren Wesens!
Ich will es behalten», fügte er nach einer Pause hinzu,
«vielleicht kann ein Reiter wie Friedrich von Metzengerstein selbst den Teufel aus dem Stall des Berlifitzing
bändigen.»

«Sie täuschen sich, Herr Baron! Das Pferd stammt nicht
aus den Ställen des Grafen. Wir kennen unsere Pflicht
zu gut und hätten es in diesem Fall nicht vor eine so
hohe Persönlichkeit der Familie Metzengerstein gebracht.»

«Das glaube ich allerdings auch», bemerkte der Baron
trocken.

In diesem Augenblick stürzte der Kammerdiener Friedrichs mit hochgerötetem Antlitz eilends herbei. Er flü-
sterte seinem Herrn ins Ohr, eben sei plötzlich in einem
Zimmer, das er genau bezeichnete, ein Stück Wandbekleidung verschwunden. Er erzählte den Vorfall um-
ständlich, aber so leise, daß keiner der neugierigen
Stallknechte ein Wort erhaschen konnte. Den jungen
Friedrich schien dieser Bericht in seltsamer Weise zu

erregen. Doch erlangte er bald wieder vollständige Herr-
schaft über sich und gab mit einem Ausdruck entschlos-
sener Bosheit kurz den Befehl, das fragliche Zimmer zu
verschließen und ihm den Schlüssel zu überbringen.

«Haben Sie schon von dem schrecklichen Tod des alten
Berlifitzing gehört?» fragte ihn einer seiner Vasallen,
nachdem der Diener ihn verlassen hatte und das wilde
Ungeheuer, das er sich eben angeeignet, in verdoppelter
Wut mit wilden Sprüngen die Allee hinunterjagte, die
zu seinen Stallungen führte.

«Nein», antwortete der Baron und wandte sich brüsk zu
dem Sprecher um; «tot, sagst du?»

«Ja, so ist es, Herr Baron; und ich glaube, einem Edlen
Ihres Namens kann diese Nachricht nicht gar zu unan-
genehm sein.»

Ein rasches Lächeln schoß über das Gesicht des Barons:
«Wie starb er?»

«Bei seinen unvernünftigen Bemühungen, einen Teil
seiner geliebten Pferde zu retten, kam er elend in den
Flammen um.»

«Wahr-haf-tig?» rief der Baron, als würde ihm langsam
irgend etwas Geheimnisvolles klar.

«Wahrhaftig!» wiederholte der Vasall.

«Schrecklich!» sagte der junge Mann ruhig und ging
gelassen zum Palast zurück. –

Von dieser Zeit an vollzog sich in dem Benehmen des
ausschweifenden Barons eine auffallende Veränderung.
Er machte jede Erwartung zunichte und durchkreuzte
die Pläne mancher schlauen Mutter. Seine Lebensge-

wohnheiten wichen noch mehr als früher von denen der benachbarten Aristokratie ab. Man sah ihn nie außerhalb der Grenzen seines eigenen Besitztums, nie mit einem Gefährten – wenn man dem unnatürlichen, wilden, feuerfarbenen Roß, das er von jetzt ab täglich ritt, nicht ein geheimnisvolles Recht auf diesen Titel zugestehen will.

Die Nachbarschaft schickte noch lange Zeit hindurch zahlreiche Einladungen. «Wird der Baron unser Fest mit seiner Gegenwart beehren?» «Wird der Baron mit uns auf die Eberjagd gehen?» – «Metzengerstein kommt nicht!» «Metzengerstein jagt nicht!» waren seine kurzen, hochmütigen Antworten.

Diese wiederholten Beleidigungen konnte sich der stolze Adel nicht gefallen lassen. Die Einladungen wurden weniger herzlich, weniger häufig – zuletzt blieben sie ganz aus. Die Witwe des unglücklichen Grafen Berlifitzing sprach sogar einmal den Wunsch aus, ‹der Baron möge verdammt sein, zu Hause zu weilen, wenn er nicht wolle, da er die Gesellschaft von seinesgleichen verschmähe; und reiten zu müssen, wenn er keine Lust habe, da er ihnen allen ein Pferd vorzöge›. Diese Verwünschung war ohne Zweifel der alberne Ausbruch einer ererbten langjährigen Abneigung und beweist nur, wie seltsam unsinnig unsere Worte werden, wenn wir sie besonders nachdrücklich wirken lassen wollen.

Die Gutmütigen schrieben diese Veränderung im Betragen des jungen Edelmannes dem nur zu natürlichen

Kummer über den vorzeitigen Tod seiner Eltern zu und schienen die wüsten, ausschweifenden Tage, die diesem Verlust unmittelbar gefolgt waren, ganz zu vergessen. Andere erklärten die Veränderung jedoch aus einer übertriebenen Auffassung seiner Wichtigkeit und Würde. Wieder andere, darunter der Hausarzt, sprachen offen von morbider Melancholie und erblicher Belastung, während im Volk noch schlimmere, zweideutigere Vermutungen laut wurden. In der Tat: die krankhafte Zuneigung des Barons zu seinem neuerworbenen Reitpferd, die nach jedem Beweis von der wilden, dämonischen Gemütsart des Tieres nur zu wachsen schien, mußte bald allen vernünftigen Menschen unnatürlich und gräßlich erscheinen.

Am hellen Mittag, in toter Nachtstunde – gesund oder krank, bei ruhigem Wetter oder im Sturm – saß der junge Metzengerstein wie angewachsen im Sattel des ungeheuren Pferdes, dessen unzähmbare Wildheit so gut mit seinem eigenen Wesen übereinstimmte.

Noch manch anderer Umstand gab in Anbetracht der jüngstvergangenen Ereignisse der Manie des Reiters für sein fürchterliches Roß einen geisterhaften, unheimlichen Charakter. Man hatte den Raum, den das Tier in einem einzigen Sprung zurückgelegt hatte, nachgemessen und gefunden, daß er die tollsten Vermutungen um ein Erstaunliches übertraf. Der Baron hatte dem Tier auch keinen Namen gegeben, obgleich alle übrigen Pferde seines Stalles durch charakteristische Benennungen unterschieden waren. Sein Stall war von den übrigen getrennt, und kein Stallknecht, nur der Eigentümer selbst, wagte sich hinein. Es wurde auch bekannt, daß die drei Knechte, die das Untier nach seiner Flucht vor der Feuersbrunst mit Schlingen eingefangen hatten, nicht behaupten konnten, während dieses gefährlichen Kampfes oder nachher den Körper des Tieres mit der Hand berührt zu haben. Beweise besonderer Intelligenz bei einem edlen, heißblütigen Pferde sind nichts Seltenes und Aufregendes; doch hier ereignete sich mancherlei, das selbst die skeptischsten und phlegmatischsten Geister zum Nachdenken gebracht hätte. Man erzählte, daß manchmal ein ganz mutiger Volkshaufe schreckensvoll vor seinem bedeutsamen, wilden Stampfen zurückgewichen, daß der junge Metzengerstein einst totenblaß vor dem scharfen, forschenden Ausdruck seines ernsten, menschlichen Auges geflohen sei.

Unter der gesamten Dienerschaft des Barons befand sich nicht einer, der die ungewöhnliche Zuneigung, die der Herr seinem feurigen Pferde zuwendete, angezweifelt hätte: nicht einer – außer seinem mißgestalteten kleinen Pagen, dessen Häßlichkeit jedermann belästigte und dessen Worte so wenig beachtenswert waren wie nur möglich. Er war unverfroren genug, zu behaupten – eigentlich ist es kaum der Mühe wert, seine Worte zu wiederholen –, sein Herr stiege nie ohne einen unerklärlichen, kaum unterdrückbaren Schauder in den Sattel und komme nie von den gewohnten langen Ritten zurück, ohne daß ein Ausdruck triumphierender Bosheit jeden Muskel seines Gesichts anspanne. In einer stür-

mischen Nacht erwachte Metzengerstein aus einem
schweren Schlaf, stürzte wie ein Wahnsinniger aus seinem Zimmer, bestieg das Pferd und sprengte in wildem
Lauf in den nahen, unwegsamen Wald.

Man war an dergleichen Ereignisse gewöhnt und
schenkte ihnen an sich weiter keine Aufmerksamkeit;
doch erwartete die Dienerschaft den Herrn mit großer
Angst zurück, als nach einigen Stunden die festgegründeten, wundervollen Gebäude des Palastes Metzengerstein unter der Glut einer dichten, bleichen,
unermeßlichen Feuermasse zu krachen und zu wanken
begannen.

Die Feuersbrunst hatte, als man sie bemerkte, schon so
vollständig Besitz von den Gebäuden ergriffen, daß man
alle Löschversuche als nutzlos aufgeben mußte. Die erschreckte Volksmenge stand müßig, ja in fast stumpf-
sinniges Staunen versunken, in der Runde umher, als
ein neues, schreckliches Ereignis ihre Aufmerksamkeit
erregte. Auf der langen Allee uralter Eichen, die vom
Haupteingang des Schlosses bis an den Waldrand
reichte, erschien ein Roß, das wilder als der Dämon
des Sturmes selbst heranraste und einen Reiter trug,
dessen Kleider in Fetzen, vom Unwetter zerrissen her-
abhingen.

Er konnte offenbar das Tier in seinem Rasen nicht mehr
aufhalten. Die Todesangst, die sein Gesicht verzerrte,
die krampfhaften, letzten Anstrengungen seines ganzen
Körpers gaben Zeugnis von einem übermenschlichen
Kampf; aber außer einem einzigen Schrei kam kein Ton

über seine verzerrten Lippen, die er im Übermaß des Entsetzens blutig zernagt hatte. Einen Augenblick lang klangen die Hufschläge scharf und schrill durch das Zischen der Flammen und das Heulen des Windes – dann setzte das Tier mit einem einzigen Sprung über das große Tor und den Graben, raste die wankende Treppe des Palastes empor und verschwand mit seinem Reiter in dem wüsten Wirbelsturm der Flammen.

Die Wut des Sturmes legte sich sofort, und eine tote Ruhe folgte. Eine weiße Flamme umhüllte das Schloß wie ein Leichentuch. Und weit hinten, am Horizont, schoß ein Streif übernatürlichen Lichtes jäh hinweg, während eine Rauchwolke sich über der zerstörten Stätte bildete und über den rauchenden Ruinen lag in der deutlichen Gestalt eines riesigen – Pferdes.

NACHWORT

Es ist wahr, den Erzählungen von Edgar Allan Poe haftet auch etwas Juveniles an. Er war ein Mann der Typisierung und Übertreibung: Jedes Laster geriet unter seiner Hand zu dem allerverworfensten, jeder Schrekken zum allergrauenhaftesten, jeder logische Schluß zu einem wahren Zauberkunststück des Scharfsinns. Und wenn er gar Frauen zu beschreiben suchte, er, der sich nicht anders als in devotester keuscher Anbetung wahrnehmen konnte, geriet ihm seine Prosa leicht so großartig wie lächerlich: «Hier in der Tat war der Triumph alles Himmlischen – ... die Zähne, die mit fast wundersamem Glanz jeden Strahl des heiligen Lichts zurückwarfen, der auf sie fiel...» Solche Sätze stehen nicht irgendwo, sondern in seiner Lieblingsgeschichte, «Ligeia».

Es muß unter anderem an diesem pompösen und effekthascherischen Hang zur Übertreibung gelegen haben, daß ausgerechnet Poe, der finstere Analytiker des Grauens, den Baudelaire, der ihn hingebungsvoll übersetzte und kommentierte, als die Personifizierung des *décadent* feierte (eines *décadent*, der sich aus der verachteten Welt des materiellen Fortschritts und der Zivilisation in das Reich der Träume zurückgezogen hatte), daß ausgerechnet dieser Repräsentant der schwarzen Literatur zu einem Klassiker der Jugendliteratur werden konnte. Wer sich nach überdeutlichen gewaltigen Leidenschaften sehnte: hier konnte er sie finden.

Poe war ein unglücklicher Mann: reizbar, stolz und oft gedemütigt, in seinen nie richtig erfolgreichen Versuchen, von der Literatur oder wenigstens als ihr Redakteur zu leben, bisweilen am Rand des Verhungerns, eng vertraut mit Krankheit und Tod. Aber seine unglückseligen Lebensumstände reichten nicht hin, den Schrecken zu erklären, der sein Werk durchdringt; und schon gar nicht läßt dieser sich reduzieren auf die willkürliche Übernahme einer damals «deutsch» oder «gotisch» genannten literarischen Tradition. «Der Schrecken», schrieb er in dem Vorwort zu seiner ersten Erzählungssammlung, «stammt nicht aus Deutschland, sondern aus der Seele.» Was ihn dazu trieb, immer wieder Untergänge und Tode zu phantasieren und zu inszenieren; was ihn veranlaßte, sich Schönheit nur in Verbindung mit Fremdartigkeit, Melancholie, Verlust und Trauer vorstellen zu können – es muß das Geheimnis seiner gequälten Seele bleiben.

Was nun bleibt, ist eine Handvoll phantastischer Kurzgeschichten. Sie sind lesenswert und werden es bleiben; weil sie sich einem einzigartigen Zusammentreffen verdanken: Dieser Mann, der von Untergangsvisionen an den Rand des Wahnsinns getrieben wurde, war gleichzeitig ein kühler Kopf, ein Meister logischer Analyse, der zeitweise, wie ein Starker August auf dem Jahrmarkt, alle Welt herausfordern konnte, ihm Geheimcodes zu unterbreiten: Er würde jeden knacken. Und er, der seine Geschichten gern in unbestimmten Fernen ansiedelte, der seinen Landsleuten als ein Fremder erschien, war Amerikaner genug, sich ketzerisch klare Gedanken über die Erzeugung poetischer Effekte zu machen. Sein Schrecken wuchert und wabert nicht. Er ist genau kalkuliert. Poe wurde der Techniker der Horrorvisionen, der visionäre Ingenieur.

Es ist kein Zufall, daß er mit einigen seiner Erzählungen die Detektivgeschichte begründete und mit ihr jenes moderne Märchen, in dem unentwegt heller Verstand über finstere Untaten obsiegt und die Gerechtigkeit wiederherstellt. Sein Thema ist die Beherrschung des Schreckens durch den Einsatz aller Nüchternheit.

Ein paarmal stellte er sich den Untergang als ein unentrinnbares Loch vor: in seiner ersten Erzählung «Manuskript in der Flasche», in seinem Roman «Arthur Gordon Pym», in jener unübertreffbaren Schilderung langgezogener Todesangst «Grube und Pendel», im «Sturz in den Mahlstrom». Hier ist das Loch ein übernatürlich gewaltiger Meeresstrudel. Der Fischer, der in seinen Sog gerät, ist zuerst geradezu dankbar, um den Preis seines Lebens ein majestätisches Grauen erleben zu dürfen, wie es die wenigsten erleben. Noch mehr aber schließlich wünscht er sich, es durch ein äußerstes Aufgebot an Kaltblütigkeit und Scharfsinn zu besiegen. Es gelingt ihm. Im Gewand der manchmal antiquierten Schauergeschichte erzählt Poe von einem immer aktuellen menschlichen Abenteuer.

Dieter E. Zimmer

Edgar Allan Poe wurde am 19. Januar 1809 in Boston geboren. Beide Eltern waren Schauspieler. Elisabeth Poe war bei der Geburt des Sohnes 22 Jahre alt. David Poe verschwand spurlos nach der Geburt des dritten Kindes 1810 und ließ seine verzweifelte junge Frau ohne jeden Pfennig allein zurück. In permanenter Geldnot jagte Elisabeth von einer kleinen Bühne zur andern, spielte, sang, tanzte, brach schließlich zusammen und verbrachte die letzten Wochen todkrank in einer feucht-kalten erbärmlichen Behausung, bevor sie 1811 mit 24 Jahren starb. Edgar war knapp drei Jahre alt.

Frances Allan, die kinderlose Frau eines reichen Kaufmanns aus Richmond, drängt John Allan, den elternlosen Jungen aufzunehmen. Während der Pflegevater streng, hart, kühl und voller Vorbehalte bleibt, zeigen Frances und ihre Schwester Nancy liebevolle Fürsorge und Zärtlichkeit für Edgar. 1815 siedelt John Allan mit der Familie für kurze Zeit nach England. Dort wird Poe 1818 in einer englischen Schule aufgenommen. Zwei Jahre später kehren die Allans nach Amerika zurück. 1826 schreibt sich der junge Poe als Student der Universität Virginia ein. Nach einer Jugend in verwöhntem Hause bei wohlhabenden Pflegeeltern macht er sich Hoffnung auf ein behütetes Leben. Aber der reiche Ziehvater demütigt ihn durch kleinlichste Zuwendung. Aus dieser Not heraus beginnt Poe als Student das Pokerspiel, macht Schulden statt der erhofften Gewinne. Wegen dieser Schulden kommt es zwischen John Allan und Poe zu einer furchtbaren Szene und dem endgültigen Bruch.

Poe besitzt von einem Tag auf den anderen keinen Cent mehr und muß vor seinen Gläubigern fliehen. Selbst Frances kann nichts gegen die eisige Kälte ihres Mannes bewirken. Ende einer sorglosen Jugend im wohlhabenden Milieu. Poe tritt in die Armee ein, wird 1828 Unteroffizier. Der Tod seiner geliebten (unglücklichen) Ziehmutter Frances trifft ihn 1829 wie ein Schlag. Ein Jahr später wird er in die Militärakademie West-

point aufgenommen, verläßt sie aber schon 1831. Der steinreiche Allan stirbt 1834 und hinterläßt dem ungeliebten Pflegesohn keinen Dollar.

Es folgen Jahre entsetzlicher Demütigungen, Geldnot und Katastrophen, in denen Poe trotzdem Kraft findet, zu schreiben.

1836 heiratet er Virginia, die 14 Jahre alte Tochter seiner Tante. Die drei ziehen zwei Jahre später nach Philadelphia. Poe arbeitet wie ein Besessener, veröffentlicht Erzählungen, bekommt einen leidlich dotierten Redakteurposten. Die Sorgen um seine junge Frau, die an Schwindsucht leidet, machen Poe depressiv und treiben ihn in alkoholische Exzesse.

1843 bekommt er für die Erzählung «Goldkäfer» einen Literaturpreis von 100 Dollar, schreibt «Die Grube und das Pendel» und «Das verräterische Herz». 1846 zieht er in ein kleines Häuschen in der Nähe von New York. Dort stirbt ein Jahr später seine Frau Virginia. Poe erleidet einen schweren Nervenzusammenbruch. Es folgen furchtbare Jahre: wieder und wieder Zusammenbrüche, Selbstmordideen, Exzesse und Affären. Er schreibt im kalten, ärmlichen Haus der Tante seine letzte berühmte Kurzgeschichte «Hop Frog», eine Erzählung voller Bitterkeit, Haß und Rache.

Am 3. Oktober 1849 wird Poe bewußtlos in einem Sammellager für Landstreicher und Strolche aufgefunden. Man bringt den verwahrlosten todkranken Dichter im Delirium ins Hospital. Nach einer schrecklichen Nacht mit Angst- und Fieberphantasien wird Poe endlich am Morgen ruhig, wendet sich gegen 5 Uhr des 7. Oktober mit dem Kopf zur Seite, sagt «Gott helfe meiner armen Seele» und stirbt.

Sein erzählerisches Genie wurde in Amerika erst spät begriffen. Er war seiner Zeit Jahrzehnte voraus, und erst Charles Baudelaire entdeckte Poe für die Weltliteratur als einen der Großen der ‹Dark Tradition›, zu denen heute auch Thomas Wolfe und William Faulkner gehören.

Klaus Ensikat, geboren 1938 in Berlin, studierte dort an der Fachschule für Angewandte Kunst, arbeitete als Gebrauchsgrafiker und lebt seit 1965 als freischaffender Künstler in dieser Stadt. Zahlreiche Ausstellungen im In- und Ausland. Viele der von ihm illustrierten Bücher wurden ausgezeichnet, international wurde er mit hohen Preisen geehrt (u. a. Großer Preis der Biennale der Illustration in Bratislava). Mehr als ein Dutzend Kinderbücher, die Ensikat illustriert hat, wurden als «Schönste Bücher des Jahres» prämiert. 1991 bekam er zum zweitenmal den «Goldenen Apfel» der Biennale Bratislava.

Für rotfuchs illustrierte er «Die Schuhe der Señores» (Band 634), «Die Hunde von Capurna» (Band 636), «Momme» (Band 688), «Momme in Schweden» (Band 741) und das rotfuchs Reimebilderbuch «Füchse, Fez und Firlefanz» (Band 662).

Mit filigranschöner Feder stattet er die rotfuchs Klassikerreihe aus.

Lewis Carroll: «Alice im Wunderland» (Band 733), Charles Dickens: «Oliver Twist» (Band 737 und 738), E.T.A. Hoffmann: «Klein Zaches genannt Zinnober» (Band 739), Edgar Allan Poe: «Goldkäfer und andere Erzählungen» (Band 746). In dieser Reihe erscheinen demnächst Erzählungen von Nikolai W. Gogol, Anton Tschechow, Oscar Wilde und Wilhelm Hauff.

rotfuchs Klassiker sind mehr als eine Sammlung von lang erprobten Dauersellern. Diese Reihe will vielmehr eine Bibliothek der wichtigsten Bücher aus der Weltliteratur anbieten, eine Sammlung von Titeln, die jeder literaturinteressierte junge Leser kennen sollte. Es gibt Literatur von Rang – im besten Sinn «große Literatur» –, die über viele Generationen hinweg nie an Bedeutung verliert und deren Qualität, Botschaft und Sprache zeitlos sind. Wer lesen lernt, sollte auch das Gefühl für Rang erlernen. Dabei will die rotfuchs Klassiker-Reihe helfen.
Klaus Ensikat, einer der bekanntesten Illustratoren der Gegenwart, hat die Bücher mit Bildern ausgestattet.

Lewis Carroll
Alice im Wunderland
(rotfuchs Klassiker 733)

Charles Dickens
Oliver Twist
(2 Bände/rotfuchs Klassiker 737 und 738)
1838 erschütterte Dickens' Klassiker das gesittete viktorianische England, revolutionierte Mißstände in Schulwesen und Armenrecht. Auch hundertfünfzig Jahre später schärft Dickens alle Sinne für die Misere der Rechtlosen.

Nikolai W. Gogol
Der Mantel und andere Geschichten
(rotfuchs Klassiker 761)

E.T.A. Hoffmann
Klein Zaches genannt Zinnober
(rotfuchs Klassiker 739)
Dem Wechselbalg Zaches schenkt die gütige Fee Rosabelverde eine Liebesgabe: Alles, was Zaches' Umgebung an Geist, Witz und Talent hervorbringt, wird dem kleinen Scheusal zugeschrieben. So macht Zaches hochstaplerisch Karriere bei Hof und wird allmächtiger Liebling des Fürsten. Der Spuk endet erst, als Alpanus den Schwindel entzaubert...
Hoffmanns berühmte Erzählung ist Satire auf eine Gesellschaft, die blind und dumpf applaudiert.

Edgar Allan Poe
Der Goldkäfer und andere Erzählungen
(rotfuchs Klassiker 746)

Anton Tschechow
Kaschtanka und andere Erzählungen
(rotfuchs Klassiker 760)

Hansjörg Martin
Die Sache mit den Katzen
Ein Krimi, weil es um ein Verbrechen geht, das manche Leute nicht für ein Verbrechen halten
(rotfuchs 344 / ab 10 Jahre)

Klaus Möckel
Bennys Bluff *oder Ein unheimlicher Fall*
(rotfuchs 611 / ab 12 Jahre)
Wie Klaus Möckel, einer der bekanntesten Krimiautoren der ehemaligen DDR, diese verrückt-traurige Geschichte erzählt, «steht haushoch über manchem bemühten Kinderkrimi» *Frederik Hetmann).*
Kasse Knacken... *Ein Kinderkrimi*
(rotfuchs 673 / ab 11 Jahre)
In seinem neuen Buch erzählt der Autor von der Freundschaft dreier Kinder aus Ost und West, die durch Zufall einer Diebesbande auf die Spur kommen. Das Mädchen Lia gerät in einen schweren Gewissenskonflikt, denn ausgerechnet ihr Bruder scheint mit der Bande zusammenzuarbeiten...

Sylvia Brandis
Español *Rätsel um einen andalusischen Hengst*
(rotfuchs 656 / ab 12 Jahre)
Woher kommt der atemberaubend schöne und kostbare Hengst Español? Weiß der skrupellose Pferdehändler Schimmer mehr als er zugibt? Jan ahnt die Zusammenhänge und weiß von dunklen Geschäften. Eine spannende und brillant geschriebene Abenteuergeschichte um ein Pferd und den schüchternen Jungen Jan Tomsen.

Emer O'Sullivan /
Dietmar Rösler
Butler, Graf & Friends: Umwege
Ein deutsch-englischer Krimi
(rotfuchs 647 / ab 13 Jahre)
Der Fall beginnt am Flughafen, wo Kontrollinstrumente verrückt spielen, und führt zu einer Erpresserbande, die die Arbeit eines genialen Programmierers ausnutzt, der Programme für künstliche Welten erstellt...

Frauke Kühn
« ... trägt Jeans und Tennisschuhe»
(rotfuchs 439 / ab 12 Jahre)
«Ein Kollege meiner Mutter erkannte mich. Ich fand das nicht weiter schlimm. Wer kommt schon auf die Idee, daß der überall herumposaunt, daß man mit mir sehr viel Spaß haben kann..»
Ein Mädchen verschwindet
Krimi
(rotfuchs 519 / ab 14 Jahre)